ESTÍO Y OTROS CUENTOS

INÉS ARREDONDO

ESTÍO Y OTROS CUENTOS

Selección y prólogo de
GENEY BELTRÁN FÉLIX

Diseño de portada: Éramos tantos

ESTÍO Y OTROS CUENTOS

© 2017, Ana Segovia Camelo

© 2017, Geney Beltrán Félix (por el prólogo)

D. R. © 2017, Editorial Océano de México, S.A. de C.V.
Eugenio Sue 55, Col. Polanco Chapultepec
C.P. 11560, Miguel Hidalgo, Ciudad de México
Tel. (55) 9178 5100 • info@oceano.com.mx

Primera edición: 2017

ISBN: 978-607-527-162-0

Impreso en México / Printed in Mexico

Inés Arredondo,
entre el paraíso y el infierno

E N UNA CASA DE VERANO, FRENTE AL MAR, UNA JOVEN viuda pasa jornadas de descanso al lado de dos adolescentes: su hijo Román y un amigo de éste llamado Julio. La lenta convivencia de los días está nutrida por el ocio y el juego: una tarde se escapan los tres a bañarse a la playa, en otra ocasión los chicos pelotean al volibol, o van al pueblo para ver una película y pasear con las muchachas mientras ella permanece dormitando en su cama, o devora mangos frescos, o sale a vagar por los rumbos vecinos. Aunque el fuerte calor se hace ubicuo a lo largo del día, es éste un escenario deleitoso, un tropical *locus amoenus* en que habitan personajes con la vida resuelta, libres de cualquier peligro o adversidad y que, aun así, habrán de ser parte de un secreto conflicto. Se trata del ámbito apacible, inusual ante el cuadro de violencia que se lee en mucha de la narrativa mexicana de mediados del siglo xx, con que abre la obra de Inés Arredondo: «Estío» es el primer cuento de su libro de debut, *La señal*, salido de la imprenta con el sello de Ediciones Era el 10 de noviembre de 1965. Medio siglo de vitalidad, pues, ya ha cumplido la escritura elusiva de uno de los más notables nombres de la ficción breve mexicana.

Difícil prever que el marco de ensueño y fábula que se describe en «Estío» habría de dar paso en narraciones y libros posteriores a una imaginación de filones siniestros, a historias y personajes imbuidos de una opresiva tendencia por apostarse en las parcelas del decaimiento emocional y la derrota interior. Esto se debe al doble movimiento vivencial que la prosa de Arredondo revela: la búsqueda de la utopía y la belleza, por un lado, y, por otro, el descenso a la impureza, la angustia y la locura. El paraíso y el infierno en las mismas páginas.

Volvamos al primer avistamiento del paraíso. El conflicto está en «Estío» apenas insinuado; no se discierne hasta la última página. Si bien ve con gusto pasar los días en que su hijo y Julio departen como grandes amigos, la madre de Román vive inconsciente los ánimos de un flujo escondido que de cuando en cuando da señales. Una de ellas es el gusto, inocente en apariencia, con que devora «tres mangos gordos, duros», y que en su forma de relatarlo no reniega de inspiraciones sensuales: «Cogí uno y lo pelé con los dientes, luego lo mordí con toda la boca, hasta el hueso; arranqué un trozo grande, que apenas me cabía, y sentí la pulpa aplastarse y al jugo correr por mi garganta, por las comisuras de la boca, por mi barbilla». Un día, frente a la playa, los muchachos practican ejercicios de pentatlón; cuando Román ejecuta el «salto del tigre», la mujer describe morosamente los movimientos del chico: «El cuerpo como un río fluía junto a mí, pero yo no podía tocarlo». La pregunta no dicha es: ¿por qué en esa circunstancia habría de querer tocarlo? Todo esto deriva en un instante final, detonador: cuando, entre las sombras, ella y el joven Julio se besan, abrazan y acarician, pero la mujer rompe el éxtasis al pronunciar «el nombre sagrado»: el de su hijo.

El relato se despliega para conducir a la anagnórisis: ella se hace consciente, al fin, de su impulso incestuoso. Lo que me interesa señalar aquí por ahora es menos el tratamiento de un antiquísimo tabú en un libro de 1965, después de Sade, el romanticismo gótico y el surrealismo, cuanto la condición de un deseo femenino que desconoce su nombre, que no sabe expresarse porque late, constreñido, en un enclave adverso que ha sido hecho propio y naturalizado: es ésta una recurrencia en muchas de las mujeres que aparecen en la ficción de Arredondo. Hay en ellas una sexualidad renegada, contenida hasta el punto de la represión, en un entorno social de clases acomodadas donde lo masculino destapa un cariz dominante y expansivo.

Otra portadora del deseo borrado es Luisa, la joven rubia de «La Sunamita», una de las piezas perfectas de Arredondo. Luisa cuenta su propia historia; su dicción es firme, sobria, con un minucioso dominio de la adjetivación para erguir un mundo asfixiante y dibujar rostros equívocos. Vive en una ciudad que durante el verano «ardía en una sola llama reseca y deslumbrante» y donde la única concupiscencia que pareciera existir es la de los varones, ante la que su mismo cuerpo es una muralla: «Las miradas de los hombres resbalaban por mi cuerpo sin mancharlo y mi altivo recato obligaba al saludo deferente». Ella regresa al tórrido pueblo de su infancia para atender en su agonía a su tío Apolonio, esposo de la hermana de su madre. Presionada por el sacerdote y los bienintencionados vecinos, Luisa acepta a disgusto casarse en artículo de muerte con el anciano; así heredará sus bienes. La voz de la muchacha consigna con ávida vocación perceptiva los gestos de quienes la rodean, empezando por los de Apolonio quien, con todo, la toma desprevenida: «una mano descarnada que se pegaba a mi carne y la estrujaba con deleite, una mano muerta que buscaba impaciente el hueco entre mis piernas, una mano sola, sin cuerpo». El epígrafe del Primer Libro de los Reyes adelanta lo que ocurrirá: el hombre sana y al poco tiempo reivindica sus derechos de esposo: «¡Qué! ¿No eres mi mujer ante Dios y ante los hombres? Ven, tengo frío, caliéntame la cama. Pero quítate el vestido, lo vas a arrugar».

Dejo de lado la apropiación moderna de una leyenda del Antiguo Testamento para acercar la lupa al mundo anímico de Luisa: primero siente rabia, luego vergüenza. Lo que sigue es para ella «un sueño repugnante»; sólo ansía «la justa y necesaria muerte para mi carne corrompida». Cuando, años después, el hombre finalmente muere, la vida la ha llevado a un rincón irreversible de suciedad moral: «Ahora la vileza y la malicia brillan en los ojos de los hombres que me miran y yo me siento ocasión de pecado para todos, peor que la más abyecta de las prostitutas».

La pureza es, para Luisa, la condición original de su cuerpo. Haberla perdido es sinónimo de una caída irrevocable; se asume culpable desde la pasividad. Lo que resalto es no la dialéctica de lo puro y lo impuro sino en lo que esa noción sigilosamente se sustenta: el carácter asexuado de Luisa; su propio deseo omitido, nunca pronunciado, al parecer inexistente. No es que Luisa haya de responder con desafío o, mucho menos, gozosa aquiescencia a la humillante deriva de los hechos, sino que Apolonio y los demás varones con quienes se topa son los únicos que manifiestan en su relato tener una existencia con afanes sexuales. ¿Qué hay en el cuerpo de Luisa más allá del recato y la vergüenza? La lectura freudiana habría de permitirnos sospechar que las miradas lujuriosas de los varones son la proyección de sus mismos y no aceptados apetitos. La aspiración de la pureza no sería, o no sólo, una búsqueda de la trascendencia; sería también la vehemencia de una renuncia impuesta. Si, como ha apuntado el pensamiento feminista, para el sistema patriarcal la libido femenina es una desequilibrante amenaza a sus privilegios, su mayor triunfo es no el tener que reprimir en cada ocasión a cada mujer sino el que ella misma rechace su naturaleza de sujeto sexual mediante el ardid de un anhelo religioso de lo absoluto.

Otras instancias de una feminidad negada las hay en la prosa de Arredondo, con sus variaciones por supuesto. La más extrema es la de «Mariana» (*La señal*). Quien narra en un primer momento es una vieja compañera escolar de la protagonista; Mariana se enamora obsesivamente de un muchacho que parece que la golpea y que, cuando ya se han casado y tenido hijos, casi la asesina en un desplante de celos. «El día del casamiento ella estaba bellísima. Sus ojos tenían una pureza animal, anterior a todo pecado», cuenta tiempo después Fernando, el marido, revelando en el léxico («pureza», «pecado») su proyección de la moral religiosa superpuesta en el cuerpo de Mariana, e impidiendo una descripción de la otredad femenina en sus más fidedignos términos. Cuando Fernando es recluido en una institución psiquiátrica, Mariana tiene encuentros sexuales fortuitos, hasta que uno de sus amantes la mata. Lo más inquietante es que, a diferencia de otros cuentos, en «Mariana» la protagonista, una mujer vuelta objeto de la libido masculina, se ve privada de la voz: son los otros, esos mismos que la han agredido o reprobado o nunca la han entendido, quienes aun después de su muerte tienen el poder para fijar su versión de la historia al compartir sus testimonios.

Aunque éstos y otros textos fijan una representación de la represión inconsciente del deseo femenino, a un grado tal que sus mismas protagonistas han decidido desoírlo o sofocarlo, hay ocasiones en las que la forma hospitalaria para su expresión es la imagen poética, que podemos vincular en primer término con la concepción elevada del estilo literario característico de la promoción intelectual a la que perteneció Arredondo, en el contexto de la mitad del siglo xx. En «Para siempre» (*La señal*), una mujer acude al departamento de su amante para terminar su relación; ha decidido casarse con alguien más. Luego de sentirse paralizada por la mirada de desprecio de Pablo, tienen sexo llevados por una mezcla de despecho y arrebato («aquello fue una violación», contará ella). Y entonces la mujer describe el orgasmo con una expresión de indudable belleza, aunque ciertamente incorpórea: «Los párpados se me hicieron transparentes como si un gran sol de verano estuviera fijo sobre mi cara». También podemos preguntarnos: ¿es acaso la escritura de Arredondo demasiado pudorosa ante los dilemas y ansias del cuerpo de la mujer? ¿Sólo mediante el vuelo poético se habrá de referir el placer femenino, embelleciéndolo al tiempo que se le despoja de las referencias a lo más inmediato de la carne? En un ensayo del libro colectivo *Lo monstruoso es habitar en otro*, Evodio Escalante identifica en la obra de Arredondo «la presencia de un terror reprimido, un terror originario y congelado, puesto a distancia por gracia de la forma». Esther Seligson en *A campo traviesa* señala en los personajes de la autora «una pasión por el no-ser, por el vacío, por la nada», pues «se dejan llevar por la no menos voluptuosa sensualidad de la desesperanza, de la angustia».

Difícil rebatir ambas aserciones, pero querría ver el tema desde otro ángulo: ¿no habría también en esta escritura una deliberada represión que impide dar paso a una visión más concreta de la individualidad? ¿No hay —quiero decir— un recato impuesto inconscientemente por las estructuras culturales del machismo? ¿Es injusto exigir a toda escritora que con amplitud despliegue, reivindicándolos en su suceder, los talantes del deseo sexual de la mujer? En una entrevista de 1977 con David Siller y Roberto Vallarino publicada en *unomásuno*, la autora respondió: «no creo en el feminismo, no existe para mí… A mí me gustaría estar entre los cuentistas, pero sin distingo de sexo, simplemente con los cuentistas», con lo que reducía el feminismo a una política de discriminación positiva, rehusándose a hurgar con exigencia en las formas sociales que a lo largo de los siglos han imposibilitado o constreñido la expresión literaria de las mujeres y, con ello, la deposición franca de su inteligencia y sensibilidad.

Independientemente de las motivaciones de Arredondo, que en esta hora ya no importarían, sus cuentos dejan ver un punto de transición entre una prosa basada en el *understatement*, el sobreentendido —que por sus aspiraciones de universalidad renuncia a hacer explícitos tratamientos que serían considerados en su momento procaces, incompatibles con un ideal artístico apolíneo y puro—, y la mayor libertad expresiva de las generaciones recientes de escritoras, para quienes la exposición de los afanes del cuerpo no requiere someterse a la reticencia. Por otro lado, no se escapa que ya la misma obliteración narrativa de estas feminidades es un síntoma elocuente; es la tácita crítica a un país y una época en que, para no ir más lejos, las mujeres apenas habían conseguido pocos años antes el derecho al voto.

Única mujer en una promoción de varones escritores, algunos de ellos por lo demás prolíficos, Inés Arredondo formó parte de la Generación de la Casa del Lago, en el núcleo de Juan García Ponce, José de la Colina, Juan Vicente Melo y Salvador Elizondo, grupo que si de algo puede presumir es de una muy favorable acogida de la crítica y la historia literaria. Por supuesto, frente a vertederos inagotables como Carlos Fuentes o Elena Poniatowska, llama la atención en Arredondo la parquedad de su obra: tres tomos de narraciones cortas en 33 años.

Esa parquedad va de la mano de su prosa: una expresión densa y exquisita, con vivas tonalidades poéticas en su prendimiento de lo sensorial y una inclinación por el registro especulativo. Es un fraseo de acusada hermosura que habría de lograrse sin duda a partir de un pulimiento esmerado, obsesivo, de la forma, «una prosa cerrada, casi seca y dura de tan estricta e interiormente intensa», como la definió Juan García Ponce en su comentario de *La señal*. Inés Arredondo busca decir lo suficiente, o lo necesario, con apenas lo nimio, con las muy pocas palabras que dotarían de esencialidad a sus historias. Es, ciertamente, manifestación de una visión literaria elitista y cosmopolita, que se afianza en referentes sancionados por la modernidad —no es gratuito mencionar los nombres de Flaubert, Chéjov, Woolf y Mansfield—, y que luciría afinidad con las propuestas coetáneas de Elizondo en *Narda o el verano* (1966) y De la Colina en *La lucha con la pantera* (1962), en la esquina opuesta a las apropiaciones regionalistas de *El Llano en llamas* de Juan Rulfo (1953) o *Benzulul* de Eraclio Zepeda (1959).

* * *

«Nací en Culiacán, Sinaloa. Como todo mundo, tengo varias infancias de donde escoger, y hace mucho tiempo elegí la que tuve en casa de mis abuelos, en una hacienda azucarera cercana a Culiacán, llamada Eldorado.» Esta confesión, con la que inicia una conferencia leída en 1965 en el Palacio de Bellas Artes (publicada como «La verdad o el presentimiento de la verdad» en el tomo de sus obras en Siglo Veintiuno), es justa en lo que se refiere a una amplia franja de sus cuentos. Con todo, hay que aclarar que a lo largo de sus tres colecciones Inés hace clara sólo ocasionalmente la geografía: menciona casi contra su voluntad, a cuentagotas, los nombres de Culiacán, su pudiente Colonia Guadalupe, el río San Lorenzo, el estero de Dautillos...

Más que los escasos topónimos, uno de los elementos predominantes es el clima del trópico, ya discernible en «Estío» aunque no con las connotaciones abrumadoras que tiene en otras páginas. El calor es en general una experiencia de punición: «El calor, seco y terrible como un castigo sin verdugo, le cortaba la respiración», se lee en «La señal», el texto que da título a su primer libro.

Como han señalado otros críticos, el calor tiene una relación orgánica con el recinto interior de los personajes (Luisa, en «La Sunamita», habla de su vida como de un «verano cruel que no termina nunca»), pero querría yo ahora reparar en el hecho de que el clima es casi el único factor insistentemente vinculado con la región. Para decirlo de otra manera: fuera del clima y dos o tres atributos más —las lichis, Eldorado, el mar—, Inés despoja a la comarca sinaloense de cualquier rasgo que podría ser reprobado en tanto folclórico, telúrico o pintoresco. Hay detrás de esto la asunción de que sólo así es dable universalizar Eldorado, sin la enojosa inclusión de color local que haría necesarias notas al pie para el lector fuereño. Este nudo genera en mí un distanciamiento: ¿dar presencia a más ingredientes de la región propia ha de restarle validez, potencia, universalidad a la escritura? Ya el ejemplo de Rulfo sería el mayor mentís a esa actitud. Claro que en Inés no hay historias de narcotráfico —sería un gesto anacrónico—, pero un hecho tan relevante como la Revolución en Sinaloa no merece gran invocación.

«Río subterráneo», el cuento que da título a su segundo libro, es sintomático de esta borradura. Una mujer escribe una carta a su sobrino para ponerlo al tanto de la historia de su familia. El escenario es una casona señorial al lado de un río. La llegada de los revolucionarios al pueblo es «la noche del saqueo». La mujer los ve llegar «gritando y disparando, rompiendo las puertas, riendo a carcajadas, sin motivo». Sergio, su hermano, se arregla la corbata, abre las puertas de la casa, enciende las luces. Afirma: «Éstos sólo quieren el dinero». No hay más. Ante la gesta histórica que partió en dos el devenir de México, «Río subterráneo» se concentra en una ensimismada relación de corte gótico: la decadencia de una familia engarzada con la locura que ataca a dos de sus varones. Como Seligson afirma: «en la narrativa de Inés Arredondo no hay fugacidad; o todo se queda pasmado, o todo se rompe de pronto». Así, la autora no sólo reduce sus elecciones fabuladoras a ciertas franjas de la infancia en Eldorado, sino que su visión de Sinaloa es tan atemporal cuanto intimista: de espaldas a la Historia, de puertas adentro. Perspicaz inquisidora del orbe relativo a los vínculos de pareja, con sus fisuras y derrumbes, Inés privilegió un interés por los demonios interiores de sus opulentos personajes, taras casi carentes de asideros con el mundo de lo concreto. Por lo menos, la locura de Pablo y Sergio en «Río subterráneo» toma el aura de una condena mítica, una condición que iría más allá de la neurología o la psicología. Graciela Martínez-Zalce explica en su ensayo «Presentir la verdad o inventar la utopía» (*Tierra Adentro*, 1997): «Eldorado aparece como escenario indispensable para el desarrollo de personajes que actualizarán mitos y mitificarán con ello, a su vez, ese espacio».

Si bien el goticismo sería la faceta terrorífica del paraíso, su versión lúgubre y perversa —donde la vuelta al paraíso infantil se enfrenta a fuerzas viriles de dominación que desafían y anulan cualquier aspiración de pureza en los personajes femeninos—, esta imaginación, en último término escapista, explicaría la ausencia de la jerga local en la prosa de Inés. No hay oídos hospitalarios para las voces vernáculas; a diferencia de Óscar Liera o César López Cuadras, en Inés los parlamentos tienen un aire neutro. No podemos decir que esto se deba al menor uso que hace la autora del diálogo frente al resumen, el monólogo o la descripción.

Hay, más bien, una reiteración del intento de destemporalizar y desterritorializar el espacio, como si Eldorado fuera un sitio despojado de latitudes, un lugar mítico tomado de una novela de caballerías o mencionado en una crónica de la Conquista. El primer cuento de *Río subterráneo*, «Las palabras silenciosas», tiene como protagonista a un inmigrante chino, protegido por el dueño de Eldorado durante la persecución contra asiáticos en el noroeste. Manuel, llamado así por los vecinos, trabaja la tierra y nunca logra expresarse con soltura en español. Procrea tres hijos con una mujer nativa, hasta que ella lo abandona para unirse a otro hombre. La historia de Manuel, construida con delicada sensibilidad por una voz omnisciente a partir de la percepción que la afasia define y condiciona, es excepcional: una audaz apropiación de la otredad masculina en un umbral vulnerable, una tersa fábula sobre la primaria imposibilidad de la comunicación humana. Y hay algo en su fina atemporalidad que nos lleva a sospechar que esta historia podría ocurrir también en cualquier otro sitio. «Sería difícil decir hasta qué punto importan o no la situación, la anécdota, el tiempo o el espacio en que se inscriben estas distintas experiencias», apunta Fabienne Bradu sobre la prosa de Inés en *Señas particulares: escritora*.

De nuevo he ido muy lejos: ¿era obligación de la escritora sinaloense adentrarse en los miasmas sociales de su tierra, darle estatuto literario al habla de su gente? Quizá los perspicaces, penetrantes cuentos sobre relaciones de pareja, sus gozos, violencias y deseos renegados, dan por sí solos forma a una geografía distinta, no una con apoyos en las cartografías reales sino otra intimista, innegociable manifestación de un temperamento de aristocrática sensibilidad. La disolución de esta discordancia sobre las deudas ante lo regional está resuelta en el cuento que, por lo menos en esta relectura, me ha parecido el más extraordinario de cuantos Inés escribió: «Olga», de *La señal*.

Dos jóvenes se enamoran. La voz omnisciente se finca en la percepción del muchacho, Manuel, para, párrafo tras párrafo, hacer ver con sutileza los gestos, las voces, los movimientos interiores del apego en el entorno inocente y gozoso de Eldorado: la ternura, la inquietud, la ensoñación, el despecho, la angustia, los celos... hasta que las miradas y pasos espontáneos de su vínculo chocan con la llegada de Flavio, quien regresa al pueblo convertido en médico y pide la mano de Olga. Aunque el registro de las emociones —sobre todo el desconsuelo y la ira ante la pérdida del amor— se da con meticuloso esmero en la interioridad de Manuel, el relato incorpora con empatía las respuestas anímicas de Olga. Y así llega el punto en que los parajes de Eldorado, plasmados desde una porosa riqueza sensorial, en su imbricación con la experiencia del gozo y el sufrimiento de los dos muchachos, crean un paraíso bello y doloroso, un sitio primordial alzado en la ficción desde las inminencias y vaivenes de la piel misma, el lugar más allá de todos los lugares donde la individualidad busca disolverse así sea en la rota y lacerante quimera del primer amor, la utopía más evasiva de todas.

GENEY BELTRÁN FÉLIX

DE LA SEÑAL

(1965)

Estío

Estaba sentada en una silla de extensión a la sombra del amate, mirando a Román y Julio practicar el volleyball a poca distancia. Empezaba a hacer bastante calor y la calma se extendía por la huerta.

—Ya, muchachos. Si no, se va a calentar el refresco.

Con un acuerdo perfecto y silencioso, dejaron de jugar. Julio atrapó la bola en el aire y se la puso bajo el brazo. El crujir de la grava bajo sus pies se fue acercando mientras yo llenaba los vasos. Ahí estaban ahora ante mí y daba gusto verlos, Román rubio, Julio moreno.

—Mientras jugaban estaba pensando en qué había empleado mi tiempo desde que Román tenía cuatro años… No lo he sentido pasar, ¿no es raro?

—Nada tiene de raro, puesto que estabas conmigo –dijo riendo Román, y me dio un beso.

—Además, yo creo que esos años realmente no han pasado. No podría usted estar tan joven.

Román y yo nos reímos al mismo tiempo. El muchacho bajó los ojos, la cara roja, y se aplicó a presionarse un lado de la nariz con el índice doblado, en aquel gesto que le era tan propio.

—Déjate en paz esa nariz.

—No lo hago por ganas, tengo el tabique desviado.

—Ya lo sé, pero te vas a lastimar.

Román hablaba con impaciencia, como si el otro lo estuviera molestando a él. Julio repitió todavía una vez o dos el gesto, con la cabeza baja, y luego sin decir nada se dirigió a la casa.

A la hora de cenar ya se habían bañado y se presentaron frescos y alegres.

—¿Qué han hecho?

—Descansar y preparar luego la tarea de cálculo diferencial. Le tuve que explicar a este animal A por B, hasta que entendió.

Comieron con su habitual apetito. Cuando bebían la leche Román fingió ponerse grave y me dijo:

—Necesito hablar seriamente contigo.

Julio se ruborizó y se levantó sin mirarnos.

—Ya me voy.

—Nada de que te vas. Ahora aguantas aquí a pie firme –y volviéndose hacia mí continuó–: Es que se trata de él, por eso quiere escabullirse. Resulta que le avisaron de su casa que ya no le pueden mandar dinero y quiere dejar la carrera para ponerse a trabajar. Dice que al fin apenas vamos en primer año…

Los nudillos de las manos de Julio estaban amarillos de lo que apretaba el respaldo de la silla. Parecía hacer un gran esfuerzo para contenerse; incluso levantó la cabeza como si fuera a hablar, pero la dejó caer otra vez sin haber dicho palabra.

—… yo quería preguntarte si no podría vivir aquí, con nosotros. Sobra lugar y…

—Por supuesto; es lo más natural. Vayan ahora mismo a recoger sus cosas: llévate el auto para traerlas.

Julio no despegó los labios, siguió en la misma actitud de antes y sólo me dedicó una mirada que no traía nada de agradecimiento, que era más bien un reproche. Román lo cogió de un brazo y le dio un tirón fuerte. Julio soltó la silla y se dejó jalar sin oponer resistencia, como un cuerpo inerte.

—Tiende la cama mientras volvemos –me gritó Román al tiempo de dar a Julio un empellón que lo sacó por la puerta de la calle.

Abrí por completo las ventanas del cuarto de Román. El aire estaba húmedo y hacia el oriente se veían relámpagos que iluminaban el cielo encapotado; los truenos lejanos hacían más tierno el canto de los grillos. De sobre la repisa quité el payaso de trapo al que Román durmiera abrazado durante tantos años, y lo guardé en la parte alta del clóset. Las camas gemelas, el restirador, los compases, el mapamundi y las reglas, todo estaba en orden. Únicamente habría que comprar una cómoda para Julio. Puse en la repisa el despertador, donde estaba antes el payaso, y me senté en el alféizar de la ventana.

—Si no la va a ver nadie.
—Ya lo sé, pero…
—¿Pero qué?
—Está bien. Vamos.

Nunca se me hubiera ocurrido bajar a bañarme al río, aunque mi propia huerta era un pedazo de margen. Nos pasamos la mañana dentro del agua, y allí, metidos hasta la cintura, comimos nuestra sandía y escupimos las pepitas hacia la corriente. No dejábamos que el agua se nos secara completamente en el cuerpo, estábamos continuamente húmedos, y de ese modo el viento ardiente era casi agradable. A medio día, subí a la casa en traje de baño y regresé con sándwiches, galletas y un gran termo con té helado. Muy cerca del agua y a la sombra de los mangos nos tiramos para dormir la siesta.

Abrí los ojos cuando estaba cayendo la tarde. Me encontré con la mirada de indefinible reproche de Julio. Román seguía durmiendo.

—¿Qué te pasa? –dije en voz baja.

—¿De qué?

—De nada –sentí un poco de vergüenza.

Julio se incorporó y vino a sentarse a mi lado. Sin alzar los ojos me dijo:

—Quisiera irme de la casa.

Me turbé, no supe por qué, y sólo pude responderle con una frase convencional.

—¿No estás contento con nosotros?

—No se trata de eso, es que...

Román se movió y Julio me susurró apresurado.

—Por favor, no le diga nada de esto.

—Mamá, no seas, ¿para qué quieres que te roguemos tanto? Péinate y vamos.

—Puede que la película no esté muy buena, pero siempre se entretiene uno.

—No, ya les dije que no.

—¿Qué va a hacer usted sola en este caserón toda la tarde?

—Tengo ganas de estar sola.

—Déjala, Julio, cuando se pone así no hay quien la soporte. Ya me extrañaba que hubiera pasado tanto tiempo sin que le diera uno de esos arrechuchos. Pero ahora no es nada, dicen que recién muerto mi padre...

Cuando salieron todavía le iba contando la vieja historia.

El calor se metía al cuerpo por cada poro; la humedad era un vapor quemante que envolvía y aprisionaba, uniendo y aislando a la vez cada objeto sobre la tierra, una tierra que no se podía pisar con el pie desnudo. Aun las baldosas entre el baño y mi recámara estaban tibias. Llegué a mi cuarto y dejé caer la toalla; frente al espejo me desaté los cabellos y dejé que se deslizaran libres sobre los hombros, húmedos por la espalda húmeda. Me sonreí en la imagen. Luego me tendí boca abajo sobre el cemento helado y me apreté contra él: la sien, la mejilla, los pechos, el vientre, los muslos. Me estiré con un suspiro y me quedé adormilada, oyendo como fondo a mi entresueño el bordoneo vibrante y perezoso de los insectos en la huerta.

Más tarde me levanté, me eché encima una bata corta, y sin calzarme ni recogerme el pelo fui a la cocina, abrí el refrigerador y saqué tres mangos gordos, duros. Me senté a comerlos en las gradas que están al fondo de la casa, de cara a la huerta. Cogí uno y lo pelé con los dientes, luego lo mordí con toda la boca, hasta el hueso; arranqué un trozo grande, que apenas me cabía, y sentí la pulpa aplastarse y al jugo correr por mi garganta, por las comisuras de la boca, por mi barbilla, después por entre los dedos y a lo largo de los antebrazos. Con impaciencia pelé el segundo. Y más calmada, casi satisfecha ya, empecé a comer el tercero.

Un chancleteo me hizo levantar la cabeza. Era la Toña que se acercaba. Me quedé con el mango entre las manos, torpe, inmóvil, y el jugo sobre la piel empezó a secarse rápidamente y a ser incómodo, a ser una porquería.

—Volví porque se me olvidó el dinero —me miró largamente con sus ojos brillantes, sonriendo—: Nunca la había visto comer así, ¿verdad que es rico?

—Sí, es rico —y me reí levantando más la cabeza y dejando que las últimas gotas pesadas resbalaran un poco por mi cuello—. Muy rico —y sin saber por qué comencé a reírme alto, francamente. La Toña se rio también y entró en la cocina. Cuando pasó de nuevo junto a mí me dijo con sencillez:

—Hasta mañana.

Y la vi alejarse, plas, plas, con el chasquido de sus sandalias y el ritmo seguro de sus caderas.

Me tendí en el escalón y miré por entre las ramas al cielo cambiar lentamente, hasta que fue de noche.

Un sábado fuimos los tres al mar. Escogí una playa desierta porque me daba vergüenza que me vieran ir de paseo con los muchachos como si tuviéramos la misma edad. Por el camino cantamos hasta quedarnos con las gargantas lastimadas, y cuando la brecha desembocó en la playa y en el horizonte vimos reverberar el mar, nos quedamos los tres callados.

En el macizo de palmeras dejamos el bastimento y luego cada uno eligió una duna para desvestirse.

El retumbo del mar caía sordo en el aire pesado de sol.

Untándome con el aceite me acerqué hasta la línea húmeda que la marea deja en la arena. Me senté sobre la costra dura, casi seca, que las olas no tocan.

Lejos, oí los gritos de los muchachos; me volví para verlos: no estaban separados de mí más que por unos metros, pero el mar y el sol dan otro sentido a las distancias. Vinieron corriendo hacia donde yo estaba y pareció que iban a atropellarme, pero un momento antes de hacerlo Román frenó con los pies echados hacia adelante levantando una gran cantidad de arena y cayendo de espaldas, mientras Julio se dejaba ir de bruces a mi lado, con toda la fuerza y la total confianza que hubiera puesto en un clavado a una piscina. Se quedaron quietos, con los ojos cerrados; los flancos de ambos palpitaban, brillantes por el sudor. A pesar del mar podía escuchar el jadeo de sus respiraciones. Sin dejar de mirarlos me fui sacudiendo la arena que habían echado sobre mí.

Román levantó la cabeza.

—¡Qué bruto eres, mano, por poco le caes encima!

Julio ni se movió.

—¿Y tú? Mira cómo la dejaste de arena.

Seguía con los ojos cerrados, o eso parecía; tal vez me observaba así siempre, sin que me diera cuenta.

—Te vamos a enseñar unos ejercicios del pentatlón, ¿eh? —Román se levantó y al pasar junto a Julio le puso un pie en las costillas y brincó por encima de él. Vi aquel pie desmesurado y tosco sobre el torso delgado.

Corrieron, lucharon, los miembros esbeltos confundidos en un haz nervioso y lleno de gracia. Luego Julio se arrodilló y se dobló sobre sí mismo haciendo un obstáculo compacto mientras Román se alejaba.

—Ahora vas a ver el salto del tigre —me gritó Román antes de iniciar la carrera tendida hacia donde estábamos Julio y yo.

Lo vi contraerse y lanzarse al aire vibrante, con las manos extendidas hacia adelante y la cara oculta entre los brazos. Su cuerpo se estiró infinitamente y quedó suspendido en el salto que era un vuelo. Dorado en el sol, tersa su sombra sobre la arena. El cuerpo como un río fluía junto a mí, pero yo no podía tocarlo. No se entendía para qué estaba Julio ahí, abajo, porque no había necesidad alguna de salvar nada, no se trataba de un ejercicio: volar, tenderse en el tiempo de la armonía como en el propio lecho, estar en el ambiente de la plenitud, eso era todo.

No sé cuándo, cuando Román cayó al fin sobre la arena, me levanté sin decir nada, me encaminé hacia el mar, fui entrando en él paso a paso, segura contra la resaca.

El agua estaba tan fría que de momento me hizo tiritar; pasé el reventadero y me tiré a mi vez de bruces, con fuerza. Luego comencé a nadar. El mar copiaba la redondez de mi brazo, respondía al ritmo de mis movimientos, respiraba. Me abandoné de espaldas y el sol quemó mi cara mientras el mar helado me sostenía entre la tierra y el cielo. Las auras planeaban lentas en el mediodía; una gran dignidad aplastaba cualquier pensamiento; lejos, algún grito de pájaro y el retumbar de las olas.

Salí del agua aturdida. Me gustó no ver a nadie. Encontré mis sandalias, las calcé y caminé sobre la playa que quemaba como si fuera un rescoldo. Otra vez mi cuerpo, mi caminar pesado que deja huella.

Bajo las palmeras recogí la toalla y comencé a secarme. Al quedar descalza, el contacto con la arena fría de la sombra me produjo una sensación discordante; me volví a mirar el mar, pero de todas maneras un enojo pequeño, casi un destello de angustia, me siguió molestando.

Llevaba un gran rato tirada boca abajo, medio dormida, cuando sentí su voz enronquecida rozar mi oreja. No me tocó, solamente dijo:

—Nunca he estado con una mujer.

Permanecí sin moverme. Escuchaba al viento al ras de la arena, lijándola.

Cuando recogíamos nuestras cosas para regresar, Román comentó:

—Está loco, se ha pasado la tarde acostado, dejando que las olas lo bañaran. Ni siquiera se movió cuando le dije que viniera a comer. Me impresionó porque parecía un ahogado.

Después de la cena se fueron a dar una vuelta, a hacer una visita, a mirar pasar a las muchachas o a hablar con ellas y reírse sin saber por qué. Sola, salí de la casa. Caminé sin prisa por el baldío vecino, pisando con cuidado las piedras y los retoños crujientes de las verdolagas. Desde el río subía el canto entrecortado y extenso de las ranas, cientos, miles tal vez. El cielo, bajo como un techo, claro y obvio. Me sentí contenta cuando vi que el cintilar de las estrellas correspondía exactamente al croar de las ranas.

Seguí hasta encontrar un recodo en donde los árboles permitían ver el río, abajo, blanco. En la penumbra de la huerta ajena me quedé como en un refugio, mirándolo fluir. Bajo mis pies la espesa capa de hojas, y más abajo la tierra húmeda, olorosa a ese fermento saludable tan cercano sin embargo a la putrefacción. Me apoyé en un árbol mirando abajo el cauce que era como el día. Sin que lo pensara, mis manos recorrieron la línea esbelta, voluptuosa y fina, y el áspero ardor de la corteza. Las ranas y la nota sostenida de un grillo, el río y mis manos conociendo el árbol. Caminos todos de la sangre ajena y mía, común y agolpada aquí, a esta hora, en esta margen oscura.

Los pasos sobre la hojarasca, el murmullo, las risas ahogadas, todo era natural, pero me sobresalté y me alejé de ahí apresurada. Fue inútil, tropecé de manos a boca con las dos siluetas negras que se apoyaban contra una tapia y se estremecían débilmente en un abrazo convulso. De pronto habían dejado de hablar, de reír, y entrado en el silencio.

No pude evitar hacer ruido y cuando huía avergonzada y rápida, oí clara la voz pastosa de la Toña que decía:

—No te preocupes, es la señora.

Las mejillas me ardían, y el contacto de aquella voz me persiguió en sueños esa noche, sueños extraños y espesos.

Los días se parecían unos a otros; exteriormente eran iguales, pero se sentía cómo nos internábamos paso a paso en el verano.

Aquella noche el aire era mucho más cargado y completamente diferente a todos los que había conocido hasta entonces. Ahora, en el recuerdo, vuelvo a respirarlo hondamente.

No tuve fuerzas para salir a pasear, ni siquiera para ponerme el camisón; me quedé desnuda sobre la cama, mirando por la ventana un punto fijo del cielo, tal vez una estrella entre las ramas. No me quejaba, únicamente estaba echada ahí, igual que un animal enfermo que se abandona a la naturaleza. No pensaba, y casi podría decir que no sentía. La única realidad era que mi cuerpo pesaba de una manera terrible; no, lo que sucedía era nada más que no podía moverme, aunque no sé por qué. Y sin embargo eso era todo: estuve inmóvil durante horas, sin ningún pensamiento, exactamente como si flotara en el mar bajo ese cielo tan claro. Pero no tenía miedo. Nada me llegaba; los ruidos, las sombras, los rumores, todo era lejano, y lo único que subsistía era mi propio peso sobre la tierra o sobre el agua; eso era lo que centraba todo aquella noche.

Creo que casi no respiraba, al menos no lo recuerdo; tampoco tenía necesidad alguna. Estar así no puede describirse porque casi no se está, ni medirse en el tiempo porque es a otra profundidad a la que pertenece.

Recuerdo que oí cuando los muchachos entraron, cerraron el zaguán con llave y cuchicheando se dirigieron a su cuarto. Oí muy claros sus pasos, pero tampoco entonces me moví. Era una trampa dulce aquella extraña gravidez.

Cuando el levísimo ruido se escuchó, toda yo me puse tensa, crispada, como si aquello hubiera sido lo que había estado esperando durante aquel tiempo interminable. Un roce y un como temblor, la vibración que deja en el aire una palabra, sin que nadie hubiera pronunciado una sílaba, y me puse de pie de un salto. Afuera, en el pasillo, alguien respiraba, no era posible oírlo, pero estaba ahí, y su pecho agitado subía y bajaba al mismo ritmo que el mío: eso nos igualaba, acortaba cualquier distancia. De pie a la orilla de la cama levanté los brazos anhelantes y cerré los ojos. Ahora sabía quién estaba del otro lado de la puerta. No caminé para abrirla; cuando puse la mano en la perilla no había dado un paso. Tampoco lo di hacia él, simplemente nos encontramos, del otro lado de la puerta. En la oscuridad era imposible mirarlo, pero tampoco hacía falta, sentía su piel muy cerca de la mía. Nos quedamos frente a frente, como dos ciegos que pretenden mirarse a los ojos. Luego puso sus manos en mi espalda y se estremeció. Lentamente me atrajo hacia él y me envolvió en su gran ansiedad refrenada. Me empezó a besar, primero apenas, como distraído, y luego su beso se fue haciendo uno solo. Lo abracé con todas mis fuerzas, y fue entonces cuando sentí contra mis brazos y en mis manos latir los flancos, estremecerse la espalda. En medio de aquel beso único en mi soledad, de aquel vértigo blando, mis dedos tantearon el torso como árbol, y aquel cuerpo joven me pareció un río fluyendo igualmente secreto bajo el sol dorado y en la ceguera de la noche. Y pronuncié el nombre sagrado.

Julio se fue de nuestra casa muy pronto, seguramente odiándome, al menos eso espero. La humillación de haber sido aceptado en el lugar de otro, y el horror de saber quién era ese otro dentro de mí, lo hicieron rechazarme con violencia en el momento de oír el nombre, y golpearme con los puños cerrados en la oscuridad en tanto yo oía sus sollozos. Pero en los días que siguieron rehusó mirarme y estuvo tan abatido que parecía tener vergüenza de sí. La tarde anterior a su partida hablé con él por primera vez a solas después de la noche del beso, y se lo expliqué todo lo mejor que pude; le dije que yo ignoraba absolutamente que me sucediera aquello, pero que no creía que mi ignorancia me hiciera inocente.

—Lo nuestro era mentira porque aunque se hubiera realizado estaríamos separados. Y sin embargo, en medio de la angustia y del vacío, siento una gran alegría: me alegro de que sea yo la culpable y de que lo seas tú. Me alegra que tú pagues la inocencia de mi hijo aunque eso sea injusto.

Después mandé a Román a estudiar a México y me quedé sola.

Olga

No podía creer que fuera así como debían de terminar los vagabundeos por las huertas, el echar chinitas en el río y los primeros besos. Este dolor desgarrado no tenía relación con todo eso: eran de naturalezas diferentes, dos cosas irreconciliables. Los motivos que tenían los otros para obrar como lo hacían eran exteriores, formulables en una conversación, pero sin validez alguna cuando uno se quedaba solo consigo mismo. Y que eso tan ajeno tuviera algo que ver con él, tanto como para obligarlo a salir de golpe y para siempre del universo que le era propio y lanzarlo a estos sentimientos extraños, a estos días y noches inhóspitos en los que no podía moverse, eso no lo podía comprender. A todos les parecía explicable, pero él no comprendía.

Habían crecido juntos libremente, casi como hermanos. Jugaron a la rabia en la calle, comieron guayabas trepados en los árboles y Olga aprendió a tirar con rifle apoyando el cañón en su hombro. Después hubo un día en que ella se puso un traje de baño azul cuando fueron al mar, y todo cambió; a él le dio vergüenza mirarla y ella se dio cuenta.

Durante meses siguieron aparentando que reían y jugaban igual que siempre, pero por dentro estaban quietos, frente a frente, sin atreverse a avanzar, valorando cada gesto, el más pequeño cambio en la voz, espiándose con desconfianza y deleite, enemigos y cómplices en su juego secreto.

Por esa época toda la camada aprendió a bailar en casa de la Queta, al anochecer, antes de la cena. Bailaban con vitrola. No era difícil y a él le gustaba. Las muchachas decían que era el que lo hacía mejor, pero jamás bailaba con Olga; le gustaba sentir sobre él su mirada brillante aquellas noches en que no se acercaban. También hubiera podido describir paso a paso todo lo que ella había hecho. Sabía de una manera exacta cómo se dibujaba la mano de ella sobre la espalda de su compañero eventual, esa mano larga y llena, con uñas en forma de almendra, combada como una concha, particularmente serena mientras el resto del cuerpo se movía. No, no era el dibujo lo que sabía, sino algo mucho más difícil: la presión leve, apenas perceptible, extraña en esa mano pesada que aparentaba reposar. Sentía, él, ese peso pequeño sobre una espalda ajena. Así, cuando una noche se encontró frente a ella y no pudo hacer otra cosa que abrir los brazos para que se acomodara contra él, lo primero que le sorprendió fue la exactitud con que había presentido el contacto de aquella mano sobre la espalda. Pero lo que vino en seguida nunca lo hubiera podido imaginar: tocaban un fox, una melodía que sabía de memoria, pero que ahora le resultaba desconocida; apenas podía mover torpemente los pies, y todo su cuerpo estaba rígido. Olga se mantenía a distancia y bailoteaba por su cuenta sin procurar acomodar sus pasos a los de él; tampoco llevaba el ritmo, y parecía que lo único que le preocupaba

era estirar los brazos lo más posible para mantenerlo alejado. Se miraron, ella distendió los labios y en las comisuras
se formó aquel huequito en forma de clavo que a él le gustaba tanto, pero sus ojos siguieron hostiles, casi asustados,
y su sonrisa fue una mueca. Manuel tuvo la seguridad de
que en su propia cara la sonrisa era idéntica. Un minuto
después, y sin motivo, las aletas de la nariz de Olga vibraron y los músculos de su cara se contrajeron y distendie-
ron de una manera nerviosa y desordenada, para reír, para
llorar; volvió la cabeza y de pronto gritó «¡Ey, Clara!»,
como si hiciera mucho tiempo que no viese a Clara y su
presencia fuera un consuelo inesperado. Después de eso
resultó mucho más difícil llevar el ritmo: cuando él iba hacia la derecha Olga caminaba para atrás, si intentaba un
paso largo ella daba un brinquito, y ninguno sentía la música, ambos se movían sin orden ni concierto, cada vez
más aturrullados. Por fin el fox terminó y sin decir nada
Olga salió corriendo hacia la cocina en busca de su inapre-
ciable amiga Clara. Él se fue de la casa.

Pero más tarde, a eso de las diez, pasó por la esquina de
la casa de Olga, donde se sentaban bajo el farol las muchachas a cantar y hablar de sus cosas. Se detuvo un momento y aunque no le dirigió la palabra miró sus ojos atentos y
sintió ese golpe dulce en el estómago que venía siempre a
cortarle el aliento cuando la encontraba.

Los días parecían iguales unos a otros, pero estaban siempre llenos de encuentros, de miradas, de palabras dichas
delante de todos que tenían significado únicamente para
ellos dos, y sobre todo, llenos de un aire especial, lumino-
so, que hacía ensancharse los pulmones de aquella manera
desconocida y estremecía el cuerpo sin motivo.

A la hora de la siesta Manuel se tiraba sobre la hojarasca húmeda al borde del canal, allí donde se espesaban los bambús, y permanecía quieto, respirando, sin pensar en nada, respirando. A veces el grito o la risa de una muchacha a lo lejos lo hacía pensar en Olga, en Olga riendo, hablando, pintándose las uñas o ensayando peinados ante el espejo redondo de su tocador en compañía de Clara, de la Queta o Esperanza; Olga en su recámara, sola, hojeando una revista, leyendo una novela de bruces sobre la cama o mirando abstraída las vigas del techo, con las manos tras la nuca, respirando el aire que los unía y los hacía diferentes a los otros. Ya no correteaba con ella por las huertas ni se iban a cazar zanates como habían hecho siempre a las horas de la siesta; ahora se quedaban separados, quietos, en cierto modo sorprendidos.

Una tarde se encontraron y sin motivo ella le sonrió y le tendió la mano. Nada más eso. Serían las cinco y nadie lo vio.

Empezó entonces una época de gozo tan intenso que a veces se le hacía insoportable. Se sentía con frecuencia sofocado, igual que al final de una larga carrera. Tomaron la costumbre de encontrarse todas las mañanas, a las siete, al final del Callejón Viejo. («¿Por qué lo llamarán así? Es en realidad una avenida muy ancha y estoy segura de que no hay en el mundo otra como ella.») El fingía que arreglaba las cinchas de su montura hasta que veía a Olga aparecer sobre su bayo, vestida con breeches y botas federicas, el pelo recogido, derecha sobre la silla charra. Nunca se le ocurrió que su traje no era adecuado ni al estilo de montar ni al pueblo, le parecía natural que ella fuera en todo diferente. Ya cuando se decían «Buenos días», y él ponía su cabalgadura al paso de la de ella, una oleada de calor les subía a la cara y muy pronto aquello se transformaba en un galope vigoroso de los caballos. Por la orilla del río, por el camino del mar, por la avenida arbolada que va, cruzando el campo, a la Casa Hacienda, encontraron arroyos, veredas, árboles, que con seguridad nadie antes vio. El galope apagado de los cascos sobre el polvo húmedo les producía una sensación blanda, acariciante. Galopaban, casi cegados por el viento, en medio de la luz tierna de la mañana, y sin embargo, veían, olían, entendían todo más que nunca. Más tarde, al paso, bordeando los cañaverales o caminando a lo largo de una acequia, llevando a los caballos de la brida, hablaban. Era curioso platicar así sobre los padres, los amigos y todas las cosas, verlas y juzgarlas como si estuvieran lejos, dejándose llevar con complacencia hacia nuevos gestos, a actitudes y formas de hablar diferentes y ligeramente afectadas. Descubrieron la intimidad y no temían el ridículo. Se gustaban a sí mismos y cada uno al otro. Toda su vida era eso.

Volvieron a citarse después de la comida, cuando todos dormían y había una calma vibrante bajo el peso del sol. Se reunían en la alberca de la Casa Hacienda.

Manuel entraba en la huerta y seguía el curso del canal hasta aquel ensanchamiento de mármol rodeado de columnas blancas cubiertas de madreselva. Estaba impaciente y hubiera querido correr al encuentro de Olga, pero se imponía el caminar despacio, fingiendo ante sí mismo un paseo solitario en el que bordearía la alberca y continuaría más allá, a lo largo del canal, adentrándose con el agua en el letargo gozoso de la huerta. Si encontraba a Olga apoyada contra una columna o él se demoraba allí mirando el agua y ella llegaba y le hablaba, era siempre una especie de casualidad, no total, no huidiza, una casualidad tan natural como que la alberca y los cisnes estuvieran allí. Todo era perfecto y gratuito, le gustaba sentirlo así.

Junto a la alberca desdoblaban pequeños papeles manuscritos en que habían copiado alguna frase para repasarla a solas, o leían poemas de un libro que traían consigo por un extraño azar. Les complacía encontrarse así, sin esfuerzo aparente, y compartir sus riquezas quitando importancia al acto de dar. Hablaban con voz queda, pensando las palabras, cuidando las inflexiones, o se dejaban estar tranquilamente en el silencio, escuchando el mundo milagroso que los rodeaba. Luego andaban errantes, perdidos en el laberinto de frutales, despaciosos.

Podían caminar durante horas tocando apenas los límites del mundo exterior, porque las huertas bordean el río, engloban la Casa Hacienda, circundan totalmente el pueblo y llegan a la puerta misma de la fábrica de azúcar y la alcoholería. El pueblo y el Ingenio están en realidad separados por una gran extensión de árboles, y para ir de uno a otro hay que atravesarla por el Callejón Viejo; allí han hendido las huertas y las contienen con una espesa muralla de bambús enormes, gruesos y flexibles que cruzan sus ramas vivas muchos metros por encima de las cabezas de las personas. El Callejón Viejo es un túnel verde, fresco y cambiante, lleno de extraños ecos, y ellos se sentían atraídos hacia él, pero en esos paseos de la siesta lo evitaban, preferían la plenitud en que la huerta los ceñía. Era fácil vagabundear por las huertas, abandonarse a ellas sin pensar nunca en que habían sido trabajosamente creadas. Pero cumplían un destino más amplio, un anhelo antiguo, al tomarlas y vivirlas libremente, como el mar, creyendo que eran totalmente naturaleza.

Manuel sentía que nunca antes había dialogado con nadie, más bien, que las palabras era la primera vez que le servían realmente, y cuando estaba solo, todo el tiempo hacía y deshacía frases, discursos, como si tuviera a Olga delante. Generalmente los olvidaba, pero quedaba convencido de que, aunque no se los hubiera dicho, ella los había escuchado. Se interesaron por la política, la historia, por la literatura; parecía que cuanto más ocupados estaban consigo mismos mayor necesidad tuvieran de hurgar en todo.

Esa camaradería nueva los fue tranquilizando, hizo sus relaciones tan aparentemente plenas y naturales, tan poco necesitadas de porvenir, que el primer beso fue una sorpresa para ambos. De eso hacía apenas unos meses, y sucedió justamente a raíz de la visita de Flavio Izábal.

Los dos habían estado ayudando a preparar la fiesta de recibimiento. Él fue a casa de Olga después de comer, temprano, pero pronto se dio cuenta de que ella estaba «festiva» y eso lo puso de mal humor. Entonces se sentó en cuclillas, con la espalda apoyada contra la pared del corredor, y ya no hizo nada. En cambio ella iba y venía, secreteándose con sus amigas y riendo fuerte. Sintió que lo excluía y que se burlaba al verlo así, abandonado por ella en la orilla de su actividad vacía. Parecía que le produjera placer pasar cerca de él jugueteando tontamente, sin volverse ni dirigirle una palabra, como si no se diera cuenta de que estaba allí, como si lo que existía entre ellos no existiera. Pero él estaba, y la odiaba. Terco e impotente, consumiéndose en el rencor, quería obligarla con su presencia a ser ella misma, a no dejarse dominar por la tentación de ser una chiquilla vulgar. Ella no pertenecía a sus amigas, pertenecía al mundo que entre los dos habían creado, aunque ahora quisiera negarlo, renegar.

Olga siguió así hasta que el dolor y el desprecio se hicieron insoportables para Manuel. Olga ganaba, si quería ser una niña estúpida, que lo fuera, pero sola. Se levantó con decisión y sin buscarla ni despedirse se fue.

Al salir al sol cerró los ojos. Estaba mucho más solo y abandonado bajo la claridad. Tenía el cuerpo pesado y la garganta agarrotada. Apretó los puños y golpeó la pared con las dos manos, pero los nudillos le dolieron y sintió ganas de llorar. Eso, además. Escupió y siguió adelante abriendo y cerrando los ojos exageradamente como si acabara de despertar. Dobló por la calle de los almacenes de azúcar. Estaba desierta, y el aspecto monótono y desnudo de las paredes de ladrillo le gustó. «Desnudas paredes de ladrillo.» Se podía decir y no pensar en otra cosa. «Desnudas paredes de ladrillo.» Sintió pasos rápidos detrás de él, y ya muy cerca una voz: «Manuel». La cólera volvió a subirle a la garganta. «Déjame en paz», y aceleró el paso. Pero las pisadas menudas lo seguían, estaban a su lado. Entonces no pudo ya contenerse y se paró en seco, con los ojos enrojecidos evitando mirarla, el cuerpo tenso, y gritó: «Lárgate con tus amigas». Pero cuando oyó sus palabras, dichas por su propia voz, se quedó sorprendido, sin ira ninguna, perdido en un despertar brusco. Entonces se volvió. Olga estaba allí, con la cabeza echada hacia atrás y los labios fuertemente cerrados, apoyada contra la pared de ladrillos rojos. Los cabellos negros alrededor del rostro blanco, ovalado y severo, los ojos sombríos de párpados tan delgados mirándolo con una rabia helada, con un despego casi impersonal. Fueron aquellos labios los que sintió el impulso irrefrenable de besar. Había olvidado que la ofendió, no sentía enternecimiento alguno, no, únicamente la necesidad de besarla ahora, así como era ahora. La besó con dureza, sin esperanza, dispuesto a hundirse en ese beso sin recibir nada a cambio, lanzado, ciego. Pero los labios de ella fueron cediendo, cobrando vida lentamente, hasta transmitirle un fluir impaciente y cálido, una ternura vibrante que encontró por vez primera, que había conquistado. Cuando se separaron Olga lo miró a los ojos y sonrió. El se sintió libre. Hubiera podido gritar de felicidad.

Más tarde vieron bajar del tren que hacía el servicio local a Flavio, pequeñito, con sus lentes de armazón de oro, empacado en su traje de lino y su título de médico. Llevaba una camisa a rayas de cuello muy alto, y corbata lisa, como un hombre mayor. Pobre, tendría veinticuatro años, apenas cuatro o cinco más que él. Hacía tanto tiempo que se había ido a la capital que parecía completamente un forastero. Todos lo recibieron con alegría, y ellos también, aunque en verdad lo mismo les hubiera dado que no hubiera venido.

Procuraban estar juntos, pero se miraban poco. Después de la caída del sol la tarde azul era un estero donde todas las criaturas iban y venían con movimientos tardos, donde las voces resonaban lejos, y aun Flavio y los que lo recibían parecían un poco irreales. De la alcoholería llegó una bocanada de olor pesado, dulzón, que los envolvió: sólo ellos existían. Con disimulo se acercó un poco más a Olga y le apretó una mano. Ella sonrió sin voltear hacia él. Su piel blanca relucía.

La banda comenzó a tocar al tiempo que Flavio a repartir abrazos, saludos: «Madrina…» y cada vez empezaba por ladear ligeramente la cabeza con el aire exacto de recibir a un paciente en la puerta del consultorio. Ahora les tocaba a ellos la ceremonia del saludo.

—Olguita, te has convertido en una hermosa mujer.

Entonces Olga, muy seria, manteniendo el tronco y la cabeza muy erguidos, flexionó las rodillas e hizo delante de Flavio una reverencia inglesa, de esas que la institutriz enseñaba a las niñas de la Casa Hacienda. Flavio no supo hacer otra cosa que sonreír tontamente, pero Olga no sonrió. Durante un instante quedó inmóvil, cerca del suelo, con los brazos combados alejados del cuerpo y la cara tendida hacia Flavio. Manuel sintió un dolor inexplicable cuando vio el cuello largo y frágil de Olga curvarse en la garganta, como el de un pájaro; una curva hermosa, rotunda, que estaba allí independiente de los ojos oscuros y el rostro sin expresión. Flavio retrocedió un poco, y Olga, sin inmutarse, volvió con lentitud a ponerse totalmente de pie. Manuel no se atrevió a tocarla, únicamente la siguió cuando ella caminó hacia la sombra de los árboles, separándose de los otros.

—¿Por qué hiciste eso?

—No sé, era una broma… pero de pronto… Flavio… no sé.

La vio turbada, casi con miedo, y lo único que pudo hacer fue abrazarla y apretarle mucho la cabeza contra su pecho, como si pudiera darle amparo.

Aquella noche había estado esperando cerca de la casa de Olga a que fuera la hora de la fiesta. Esperando sin impaciencia, apoyado en una tapia, mirando los árboles y sintiendo el latido de las huertas cercanas.

Siempre cruje un paso único sobre las hojas secas, cae una fruta, chilla un pájaro extraño; pero por encima de eso está el silencio. Y esa noche él pudo sentirlo. Central silencio que no alcanza a remover el viento, respiración vegetal, quietud viva, secreto transparente por el que se filtran las tormentas y los retumbos del mar. Ese silencio mismo que se siente extenderse más allá de las llamas y el humo cuando queman los cañaverales; absorto domeñador de ruidos que contiene a la paz y a la impaciencia, espíritu terrestre aposentado en la noche de las huertas. Arriba el cielo alto, limpio e inmóvil.

Cuando en medio del bullicio y la música Olga vino directamente hacia él, con su paso ágil y firme, y lo miró un instante antes de sonreír, estuvo seguro de que en el fondo de aquella mirada había el mismo misterio poderoso que él deletreaba dificultosamente junto al mar y al silencio de las huertas. Contra lo que hubiera creído, eso no lo acercaba a ella, únicamente lo atrapaba. Pero era sólo una mirada de las muchísimas, cambiantes y contradictorias, que él iba descubriendo de nuevo en ella. De nuevo aquella noche. Sí, la risa, la sorpresa, el afecto, la burla, estaban allí, eran reconocibles, pero estaban atemperados, había primero el brillo oscuro tan visible y tan desentrañable de los ojos que él había creído conocer. Era difícil, contemplándola ahora, pensar que fuera la misma de los preparativos de la tarde, aunque sí la misma del beso. En unas horas el amor reconocido se había acendrado en ella. Tenía diecisiete años y era una mujer. Frente a ella Manuel se sintió un chiquillo.

Pero eso era el pasado, demasiado infantil y ñoño para ayudar a enfrentar esta realidad; más bien era un impedimento. Muy pronto sus padres se levantarían un poco más excitados que de costumbre, y se prepararían para asistir a la boda. La boda de Olga y Flavio. También ellos convencidos de que la imposición familiar era criticable pero debía aceptarse como un hecho; seguros de que aunque le causara dolor, terminaría por comprender que lo que había entre Olga y él era una niñería sin importancia.

Empezaba a amanecer. La luz gris y el ladrido de los perros, el chiflido de los vaqueros, el *plaf plaf* del paso corto de un caballo que sonaba como lluvia gruesa sobre el polvo de la calle; el zapote de la acera de enfrente que emergía de la oscuridad y parecía caminar hacia la luz plomiza. Muy pronto saldría el sol. Se levantó de un salto y cerró las contraventanas. No soportaba la luz, tenía que seguir a oscuras. Los pies descalzos sobre el pavimento frío le parecieron ridículos. Volvió a tenderse en la cama, disgustado, incómodo.

Hizo intentos para volver a recordar a Olga la noche de la llegada de Flavio, pero un malestar casi físico se lo impedía. Él bailaba con Olga, ella llevaba un vestido color palo de rosa... y de pronto vio lo que no había visto: en un rincón estaba la mirada miope tras los cristales gruesos, la mirada deslumbrada, rendida, que ella desdeñaba con cada movimiento, pero que la seguía, la sostenía, ante la cual no podía dejar caer su majestuoso orgullo, su belleza.

En toda la noche no lo había recordado, pero estaba siempre allí esa parte en sombra que no les pertenecía y que sin embargo entraba en su historia, esos ojos fijos que la transformaban aunque ella no se diera cuenta. Sí, en la transformación de Olga no había estado su amor solamente, estaba también Flavio.

Luego, rápidamente, recordó las cartas, los libros, las flores llegadas en una caja con hielo, y el rechazo de ella.

—Toma, Manuel, quiero que leas las cartas, todas.

La voz cálida y el movimiento sereno con que las tendía eran los de la mujer totalmente segura del amor que recibe sin reconocer ninguna deuda.

Hasta entonces Manuel no había podido imaginarse cómo Flavio se empeñaba en casarse con una muchacha que decía y gritaba que no lo quería, pero ahora lo adivinaba, lo presentía, y ese acercamiento involuntario le causó repugnancia.

Pensó en Olga, seguramente también desvelada, lejana, sin amparo.

—Esto es una venta. No pueden venderme así –le había dicho aquel día que lloró–. Dicen que ellos saben lo que más me conviene, pero no quieren entender que no se trata de lo que me conviene, que se trata de mí.

Manuel le quitó las manos de la cara.

—Vámonos. Si nos vamos juntos no podrán casarte con él.

Ella dejó de llorar.

—Tienes veinte años.

—¿Y eso qué? Trabajaré, veré cómo…

—Estábamos tan bien… ¿por qué nos obligan?… Dentro de unos años sería natural, pero ahora… no sé…

podríamos fracasar, y entonces Flavio también me estaría esperando. Estoy segura.

—¿No quieres irte conmigo?

—Sí.

Se besaron. La proximidad de una vida en común hizo más carnales esos besos, pero las lágrimas de Olga mojaban sus bocas, y entonces nació en él la confusión. La apretó contra sí, la estrujó para convencerse de que era suya, de que le pertenecía, y ella se plegó dulcemente a su furia desesperada. Pero el llanto continuó corriendo, sin sollozos, socavando la fuerza de él.

Con la cabeza escondida en su pecho ella volvió a repetir:

—Mañana a las ocho de la noche, en el puente del canal dos –y apretando el brazo tembloroso–: Estaré, mi amor, estaré.

No la dejaron. Supo que no la dejaban dormir sola, ni hablar con sus amigas si no era delante de la madre. No había podido materialmente asistir a la cita, pero ¿y las lágrimas? Las había llorado cuando estaba con él, cuando aún no sabía que la fuga era imposible.

Escuchaba las voces, los ruidos, pero dentro de él no había más que silencio. No podía seguir recordando.

Hacía rato que habían dado la segunda llamada para la misa. Su madre se asomó otra vez al cuarto y él fingió dormir. Oyó que cerraba con delicadeza la puerta y murmuraba algo, seguramente a su padre; luego taconeos que salieron por la puerta de la calle y después el silencio.

Olga se casa dentro de unos momentos. Se puso de pie en un salto, se vistió en unos minutos, sin atarse los cordones de los zapatos, y salió corriendo. Frente a la casa de Olga había un pequeño grupo. Dejó de correr y se acercó con las manos en los bolsillos. Los otros hablaban y algunos lo miraron a hurtadillas, pero él no se daba cuenta de nada, únicamente veía el marco vacío de la puerta. Clara, la Queta y otras personas salieron por ahí sin que él las reconociera. Entrecerró los párpados cuando a la luz del sol brilló la blancura hiriente que llenó el espacio vacío. Un instante después, sin buscarlo, certeros como si siempre hubieran estado allí, los ojos de Olga estaban fijos en los suyos. Negros y sin amor, sin llanto, firmes como los de un condenado que no se arrepiente, sin piedad de sí misma ni de él, los ojos de Olga lo obligaron a enderezarse. La mirada que asomó la mañana que estrenó el traje de baño azul, la tarde del beso, la noche de la fiesta, la que solamente él podía recibir aunque no la comprendiera, estaba completa, desnuda al fin en aquellos ojos que miraban sin misericordia, por encima de la vergüenza, vivos y abrasadores más allá de la renuncia. Manuel pensó en la muerte, e hizo en su corazón un juramento solemne sin saber qué juraba, algo que ella le pedía sin palabras.

Don Eduardo tomó a Olga del brazo y la arrancó del umbral. Ella lo siguió sin resistencia, y al pasar cerca de Manuel alzó un poco la mano, como si fuera a tocarlo, pero volvió a bajarla, y siguió de largo.

Los curiosos se retiraron. Únicamente Manuel quedó plantado en medio de la calle, bañado por la polvareda que levantaron los autos al arrancar. ¿Cómo era posible que ella se hubiera ido si estaba agarrada a él con esa mirada que no terminaba nunca? Miró el polvo sedoso bajar lento y posarse suavemente sobre sí mismo en capas esponjosas, delicado. El polvo tan molesto a los forasteros. Flavio. Se dio unos manotazos en el pelo, en la ropa, y emprendió una carrera desaforada hacia la iglesia. Jadeaba antes de haber corrido cuatro cuadras, con los pies hundidos en el polvo hasta los tobillos, pero aunque lo pensó, no subió a la banqueta, sobre todo cuando se dio cuenta de que la gente se volvía a mirarlo. No sabía por qué, pero tenía que pasar así, corriendo y sudando grotescamente, por el medio de la calle. Divisó el edificio de ladrillos rojos y el campanario, y siguió corriendo. Más cerca notó que dentro no se escuchaba música: la ceremonia no había comenzado. Dio vuelta y vio que en la puerta mayor estaban organizando el cortejo. Subió al atrio, y se abrió paso. Olga estaba derecha, con la cabeza levantada y los ojos fijos en el interior del templo; el traje de novia ceñido al cuerpo como una piel fingida, brillante, parecía hecho expresamente para turbarla poniéndola en evidencia, pero ella estaba olvidada también de su cuerpo. Flavio, a su lado, musitaba palabras temblorosas que caían sin rozarla; se encendió, dijo algo con más vehemencia y puso su mano sobre el brazo de ella; entonces Olga, sin volverse y sin prisa dio un paso adelante, quizá por casualidad, y la mano cayó inerte. Flavio inclinó la cabeza y fue a ocupar su lugar en el cortejo. Olga avanzó y entró en la iglesia sin que nadie se lo indicara. Los otros la siguieron apresurados, y dentro sonaron unos acordes solemnes.

No tenía a qué entrar. Se dio vuelta y caminó sin rumbo. Las huertas, el río, lugares familiares, vagamente reconocibles. Las hojas se rozaban en el viento, el río estaba adormecido. Recogió unas piedrecillas y las tiró al agua: *plum*, y los círculos concéntricos fueron creciendo y se desvanecieron. Volvió a caminar. Sobre su cabeza la alharaca de los pericos. Se tiró de espaldas a mirar el cielo, cerca de un canal. El rumor del agua, el zumbido de un moscardón, el viento en las ramas más altas de los mangos: nada. No había aire que respirar. Tampoco había un lugar a donde ir. Se quedó tendido, hueco.

Volvió muy de noche a la casa. Su madre estaba en la ventana, despeinada, el padre daba vueltas por la sala como cuando estaba enojado, pero él entró y nadie le dijo nada. Fue a su cuarto y se dejó caer en la cama. No encendió la luz, no supo si había pasado la noche, si durmió o no. El día y la noche, el sueño y la vigilia eran igualmente irreales para él.

Se levantaba y comía para no preocupar a su madre, y cuando se acordaba se bañaba. Después volvía a la cama. Ni siquiera sabía fumar. Su madre le llevó un radio y lo encendía a veces, pero no reconocía las voces ni las canciones, y aunque de pronto sentía un dolor agudo en el pecho, no hubiera podido asegurar que era por la música o alguna pieza en especial, porque ese dolor lo hería frecuentemente sin motivo alguno, y siempre que lograba dormir profundamente lo despertaba. No tenía recuerdos ni esperanzas. Se sorprendía de encontrarse en ese cuarto, mano sobre mano, sin objeto.

—Manuel está estudiando para los exámenes de admisión, por eso no sale. Hemos decidido que vaya a Guadalajara —decía su madre con demasiado aplomo en el recibidor del portal, y él lo oía como si hablasen de otro.

Pero una tarde escuchó distintamente el nombre de Olga pronunciado en una conversación bisbiseante. Se levantó de la cama y descalzo se acercó a la puerta para escuchar.

—Es cierto. Flavio esta en *la casita* desde hace seis días, y Olga sola... es un escándalo... dicen que ella no quiere que la toque... ya me entiendes, y él se fue con esas mujeres. Lo sé porque Luciano vino muy triste y me lo contó... Y ella tan linda... Ya decíamos... él es un bruto, y...

El sol oblicuo de la tarde entraba por la ventana. Las dos mujeres al otro lado de la puerta hablaban en la penumbra movediza del rincón donde los arcos están cubiertos de enredadera; sus voces se agudizaban y bajaban de tono con ritmo excitado. El sol blanquizco y salobre del invierno. Hacía mucho que no lo veía. Recordó las tardes de Navidad en que sacaban los juguetes a la banqueta y pasaban las horas fingiendo que el juego les impedía sentir esa irritante sensación de escalofrío que produce el viento helado bajo un sol que no calienta. Aunque no durará más que unos días, un mes, se enfurecía siempre contra el sol debilitado. Ahora se enfureció también, sintió un gran odio en el pecho, y luego, sin saber por qué, soltó una carcajada. Estaba contento, le encantaba sentir desprecio, rabia o lo que fuera. Encendió el radio y se fue a bañar; se vistió y peinó frente al espejo, luego salió por la puerta de las trojes, sin que nadie lo viera.

Parecía una tarde de enero cualquiera. Saludaba a los conocidos al pasar e iba por las aceras, con las manos en los bolsillos, caminando ágilmente y un poco de lado, como cualquier muchacho. Por costumbre silbó también un rato una de esas canciones para caminar ligero y contento. Ante él se abrió el espacio vacío que rodea la capilla, lleno de luz clara, y un poco más allá vio la embocadura del Callejón Viejo, ese camino de bambús altos que no dejan pasar los rayos del sol. («Es la nave gótica más hermosa que existe.» «¿Y cuándo has visto tú una nave gótica?», había dicho riendo don Eduardo. Ellos se encogieron de hombros y no hicieron caso.) Visto así, desde la plaza soleada, con su luz interior difusa y azulosa, se veía muy claro que dentro de él se encerraba otra hora, el tiempo era diferente. Eso lo impresionó y lo hizo aminorar el paso y perder su aire despreocupado. De niño había sentido aquel temor antes de atravesar el medio kilómetro umbroso con sus chalets empotrados en las huertas, escondidos tras los bambús. Los chalets que ocupaban los contadores, los químicos, los forasteros de alguna importancia que venían a trabajar al ingenio. En una de esas casas con rosales al frente y los frutales montados sobre las espaldas, vivía ahora Olga, encerrada inexplicablemente entre las huertas y los bambús. ¿A qué iba él allí?... Cuando uno anda media avenida, se encuentra con la tumba del Ánima Sola, silenciosa y parpadeante, haciendo guiños macabros con sus veladoras y velitas. Nadie sabía quién era el que había recibido muerte violenta en aquel lugar, nadie recordaba cuándo, ni por qué era objeto de aquel culto misterioso. Él nunca había visto a ninguno detenerse a rezar o a poner las ceras, y sin embargo siempre había lo menos treinta lucecillas encendidas sobre el pequeño túmulo. Bueno, pero ya no era un niño... Chalet, casa de forastero, sin corrales ni trojes, para gente de paso... ¿Pensaría Flavio llevarse a Olga? No, eso no.

—¿Hay caimitos?

—Ya sabes que en este tiempo no hay nada.

—Era por decir algo. Nos vemos.

Y así había pasado junto a Poncho el guardián, por la tranquera que había al entrar al Callejón, y no necesitaba más que seguir caminando por dentro de la huerta unos metros más para encontrar el primero de los chalets. Podría entrar a casa de Olga por la puerta de atrás... Le temblaron las piernas y sintió frío, un frío húmedo que lo calaba y lo estremecía: ¿cuándo había pensado en entrar por la tronquera de la huerta? Él iba distraído, sin ninguna intención de... ¿de qué? ¿a qué iba a casa de Olga? Cerró los ojos porque sintió vértigo. ¿Quién urdió entrar por la puerta de atrás?... Estaba seguro de que alguien caminaba a sus espaldas, no, eso era ahora diferente, estaba seguro de que dentro de él mismo había otro. ¿A qué iba a casa de Olga?

Tambaleante se internó más en la huerta y pasó lejos de los dos primeros chalets. En la huerta era casi de noche y todo estaba extrañamente inmóvil. Ni el viento ni la tierra, nadie estaba presente. Solos él y el otro dentro de él, que iban ciegamente buscando a Olga sin saber para qué, escondiéndose, a tientas.

Estaba a muchos metros, del otro lado del Callejón, y no podía verla desde donde estaba, pero supo cuándo pasó a la altura del Ánima Sola. Se abrazó a un árbol, con la boca abierta, y sin saber por qué, quiso articular una plegaria. ¿Qué pedía? No podía entenderse, sólo un sonido gutural entrecortado salía de su garganta, como el estertor de un animal degollado. Se le erizaron todos los pelos del cuerpo. Se miró las manos y no las reconoció, se contraían de una manera ajena; quiso arrojarlas lejos, pero las tenía pegadas al cuerpo. No era él. Gritó con todas sus fuerzas, pero como fue un alarido animal nadie quiso prestarle atención.

Con la cara pegajosa contra el suelo articuló claramente: «Soy un asesino». No quería matar a Flavio, a Olga, a nadie, pero sabía que podía, que tal vez era ésa su intención hacía un rato. Con ese gran peso encima se sintió tranquilo. Volvía a la realidad transformado pero uno: él y el otro eran el mismo. Él, ése que astutamente había entrado por atrás, y había simulado inocencia, algo, ante el guardián, ése que rehuía entre los troncos la mirada de los otros, era el mismo que sentía miedo, él, Manuel.

Se sentó. Era de noche cerrada. Lentamente se fue sacudiendo las hojas y la tierra que había pegadas en su cara y su ropa. Estaba aterido de frío, pero ya no tenía miedo. Puso el rostro contra las rodillas y se abrazó las piernas: quería llorar. Pero no pudo, no sentía ternura, ni piedad, nada que no fuera el alma seca, angustiada y seca.

Y sin embargo debía levantarse. Tenía algo que hacer. Debía ir a casa de Olga. De todos modos irían él y el otro, juntos, sometidos, a saber por qué habían luchado. Se puso de pie y se pasó la mano por los cabellos.

Caminaba sin prisa, atento, esperando algo, una señal. Pero en torno suyo no había más que oscuridad y silencio.

Llegó detrás de la casa de Olga y la fue rodeando. No hizo ningún intento de entrar por la puerta de la cocina. En el porche había luz. Se encontró en el jardín del frente, al descubierto, entre los rosales y la valla de bambú.

En el porche estaba Olga sentada, con las manos en el regazo y el pelo cuidadosamente peinado en dos trenzas que le rodeaban la cabeza. No estaba humillada, seguía siendo ella misma; tampoco parecía sufrir, únicamente estaba, esperaba. Manuel dio unos pasos sobre la grava y Olga se volvió y lo miró de frente, sin sorpresa ninguna.

Sus ojos eran los mismos que el día de la boda. La hermosura de su rostro y de su cuerpo era oscura y luminosa al mismo tiempo. Él o Flavio podían asesinarla, pero no reducirla, no violarla.

Ahora estaba claro que él no era un asesino sino un simple ladrón que había querido hacer lo mismo que Flavio: conseguirla entrando por una puerta trasera. Tendrían que buscar otro camino.

Quiso acercarse un poco más, hablarle, pero ella lo detuvo con un gesto. Sus ojos negros se llenaron de ternura y le sonrió un poco. Después se levantó y entró en la casa. Cuando sonrió se parecía a la muchacha que montaba con él a caballo, pero aquello había sido una despedida, un leve recuerdo, y además, él se aliviaba con esa sonrisa, pero lo que amaba era la mirada.

Ante la cortina hecha con hileras de pequeños caracoles, vaciló un poco. Le chocó el ruido, las carcajadas brutales que venían de dentro. Porque no era la primera vez que entraba a *la casita*, esta noche le era especialmente repugnante ir. Pero entró.

No tuvo que buscar mucho. En una mesa del centro estaba Flavio en mangas de camisa, sucio, con una sonrisa estúpida en la cara.

—Pichoncito —le decía una chiquilla esmirriada que le tenía pasado un brazo sobre los hombros—, yo te puedo dar un certificado de que si tu mujer no te quiere no es porque no puedas.

Los parroquianos se rieron, menos Flavio que seguía igual, con su aire cretino en medio de las burlas; sin embargo se notaba que no estaba borracho. Todos esperaban el próximo chiste que se haría sobre él y su situación, porque aquel espectáculo debía durar desde hacía mucho y Flavio parecía resignado a que continuara siempre.

El que se rebajaba así y encima permitía que lo escupieran se lo merecía todo. Ése no tenía nada que ver con Olga, era un imbécil en un prostíbulo, nada más. Se había engañado al pensar que era igual que él, la parte más desesperada de él. No, era Flavio Izábal, un cobarde. Sintió asco y salió casi corriendo de allí.

El aire helado y transparente le dolió en la garganta antes de respirarlo. A su alrededor las casitas bajas con patios pequeños estaban oscuras. El Barrio Nuevo le era casi desconocido, quedaba muy lejos de las huertas, del ingenio, de la iglesia. Sin árboles parecía más miserable y desnudo. Pertenecía totalmente a otro pueblo, a otro mundo.

Estaba muy cansado y se sentía mal. A pesar de eso continuó yendo en sentido contrario al camino de su casa. Dejó atrás las casuchas y se encontró en una explanada dura y yerma en lo alto de una colina. Desde allí divisó el centelleo del agua y los álamos tristes al borde de un río lejano. Le costó reconocerlo, desnudo, sin proximidad, sin ruido, en una curva que no conocía o que tenía un dibujo muy diferente vista de cerca. «El San Lorenzo», dijo en voz alta, nombrando por su nombre al que antes era sencillamente el río, *su* río; también él se había alejado esta noche. Un silencio total imponía su ley dura. Estaba solo, abandonado entre la tierra y el cielo que callaban. Pensó en la noche de las huertas y en el beso de Olga, perdidos también, pero inexplicablemente ligados a este momento. Sintió la soledad de Flavio, su debilidad tan parecida a la inocencia. Y otra vez esa noche lo doble, lo múltiple, lo ambiguo, volvió a herirlo.

Se quedó mucho tiempo parado en ese lugar, luchando, confuso, sin saber con quién, ni por qué.

Estaba agotado, ya sin pensamientos, cuando le pareció que el San Lorenzo en la lejanía era una vaga promesa, apenas un destello. Regresó sobre sus pasos sin volver la cabeza y en su cuerpo sintió repetido el gesto de Olga al entrar en su casa.

En el burdel fue derecho hacia Flavio, empujó una silla y se sentó en la misma mesa, frente a él. Aquella figura lastimosa lo hizo vacilar de nuevo, pero Flavio se le había encarado y lo sujetaba por la manga. No, sus ojos no estaban vacíos, en el fondo había la misma quemadura que él llevaba.

—Vete a tu casa. Yo me quedaré aquí.

Flavio se enderezó, y de pie se puso el saco despacio. También salió sin volverse.

LA SEÑAL

EL SOL DENSO, INMÓVIL, IMPONÍA SU PRESENCIA; LA realidad estaba paralizada bajo su crueldad sin tregua. Flotaba el anuncio de una muerte suspensa, ardiente, sin podredumbre pero también sin ternura. Eran las tres de la tarde.

Pedro, aplastado, casi vencido, caminaba bajo el sol. Las calles vacías perdían su sentido en el deslumbramiento. El calor, seco y terrible como un castigo sin verdugo, le cortaba la respiración. Pero no importaba: dentro de sí hallaba siempre un lugar agudo, helado, mortificante que era peor que el sol, pero también un refugio, una especie de venganza contra él.

Llegó a la placita y se sentó debajo del gran laurel de la India. El silencio hacía un hueco alrededor del pensamiento. Era necesario estirar las piernas, mover un brazo, para no prolongar en uno mismo la quietud de las plantas y del aire. Se levantó y dando vuelta alrededor del árbol se quedó mirando la catedral.

Siempre había estado ahí, pero sólo ahora veía que estaba en otro clima, en un clima fresco que comprendía su aspecto ausente de adolescente que sueña. Lo de adolescente no era difícil descubrirlo, le venía de la gracia desgarbada de su desproporción: era demasiado alta y demasiado delgada. Pedro sabía desde niño que ese defecto tenía una historia humilde: proyectada para tener tres naves, el dinero apenas había alcanzado para terminar la mayor; y esa pobreza inicial se continuaba fielmente en su carácter limpio de capilla de montaña –de ahí su aire de pinos. Cruzó la calle y entró, sin pensar que entraba en una iglesia.

No había nadie, sólo el sacristán se movía como una sombra en la penumbra del presbiterio. No se oía ningún ruido. Se sentó a mitad de la nave cómodamente, mirando los altares, las flores de papel... pensó en la oración distraída que haría otro, el que se sentaba habitualmente en aquella banca, y hubo un instante en que llegó casi a desear creer así, en el fondo, tibiamente, pero lo suficiente para vivir.

El sol entraba por las vidrieras altas, amarillo, suave, y el ambiente era fresco. Se podía estar sin pensar, descansar de sí mismo, de la desesperación y de la esperanza. Y se quedó vacío, tranquilo, envuelto en la frescura y mirando al sol apaciguado deslizarse por las vidrieras.

Entonces oyó los pasos de alguien que entraba tímida, furtivamente. No se inquietó ni cambió de postura siquiera; siguió abandonado a su indiferente bienestar hasta que el que había entrado estuvo a su lado y le habló.

Al principio creyó no haber entendido bien y se volvió a mirarlo. Su rostro estaba tan cerca que pudo ver hasta los poros sudorosos, hasta las arrugas junto a la boca cansada. Era un obrero. Su cara, esa cara que después le pareció que había visto más cerca que ninguna otra, era una cara como hay miles, millones: curtida, ancha. Pero también vio los ojos grises y los párpados casi transparentes, de pestañas cortas, y la mirada, aquella mirada inexpresiva, desnuda.

—¿Me permite besarle los pies?

Lo repitió implacable. En su voz había algo tenso, pero la sostenía con decisión; había asumido su parte plenamente y esperaba que él estuviera a la altura, sin explicaciones. No estaba bien, no tenía por qué mezclarlo, ¡no podía ser! Era todo tan inesperado, tan absurdo... Pero el sol estaba ahí, quieto y dulce, y el sacristán comenzó a encender con calma unas velas. Pedro balbuceó algo para excusarse. El hombre volvió a mirarlo. Sus ojos podían obligar a cualquier cosa, pero sólo pedían.

—Perdóneme usted. Para mí también es penoso, pero tengo que hacerlo.

Él tenía. Y si Pedro no lo ayudaba, ¿quién iba a hacerlo? ¿Quién iba a consentir en tragarse la humillación inhumana de que otro le besara los pies? Qué dosis tan exigua de caridad y de pureza cabe en el alma de un hombre... Tuvo piedad de él.

—Está bien.

—¿Quiere descalzarse?

Era demasiado. La sangre le zumbaba en los oídos, estaba fuera de sí, pero lúcido, tan lúcido que presentía el asco del contacto, la vergüenza de la desnudez, y después el remordimiento y el tormento múltiple y sin cabeza. Lo sabía, pero se descalzó.

Estar descalzo así, como él, inerme y humillado, aceptando ser fuente de humillación para otro... nadie sabría nunca lo que eso era... era como morir en la ignominia, algo eternamente cruel.

No miró al obrero, pero sintió su asco, asco de sus pies y de él, de todos los hombres. Y aun así se había arrodillado con un respeto tal que lo hizo pensar que en ese momento, para ese ser, había dejado de ser un hombre y era la imagen de algo más sagrado.

Un escalofrío lo recorrió y cerró los ojos... Pero los labios calientes lo tocaron, se pegaron a su piel... Era amor, un amor expresado de carne a carne, de hombre a hombre, pero que tal vez... El asco estaba presente, el asco de los dos. Porque en el primer segundo, cuando lo rozaba apenas con su boca caliente, había pensado en una aberración. Hasta eso había llegado para después tener más tormento... No, no, los dos sentían asco, sólo que por encima de él estaba el amor. Había que decirlo, que atreverse a pensar una vez, tan sólo una vez, en la crucifixión.

El hombre se levantó y dijo: «Gracias»; lo miró con sus ojos limpios y se marchó.

Pedro se quedó ahí, solo ya con sus pies desnudos, tan suyos y tan ajenos ahora. Pies con estigma.

Para siempre en mí esta señal, que no sé si es la del mundo y su pecado o la de una desolada redención.

¿Por qué yo? Los pies tenían una apariencia tan inocente, eran como los de todo el mundo, pero estaban llagados y él solo lo sabía. Tenía que mirarlos, tenía que ponerse los calcetines, los zapatos... Ahora le parecía que en eso residía su mayor vergüenza, en no poder ir descalzo, sin ocultar, fiel. *No lo merezco, no soy digno.* Estaba llorando.

Cuando salió de la iglesia el sol se había puesto ya. Nunca recordaría cabalmente lo que había pensado y sufrido en ese tiempo. Solamente sabía que tenía que aceptar que un hombre le había besado los pies y que eso lo cambiaba todo, que era, para siempre, lo más importante y lo más entrañable de su vida, pero que nunca sabría, en ningún sentido, lo que significaba.

Para siempre

ES EXTRAÑO CÓMO LLEGA A COINCIDIR LO QUE NOS sucede con lo que queremos que nos suceda. Ya había subido un buen tramo de la escalera cuando lo pensé: estaba viendo aquello como la primera vez, sucio y miserable. La oscuridad húmeda de los corredores me repugnaba hasta producirme náusea. Apenas podía soportar un agudo malestar culpable, como la primera vez. Temblaba al encontrarme con gente, me sobresaltaba al menor ruido, y sobre todo temía la presencia inquisitiva de la portera. Me costaba un gran esfuerzo recordar que no hacía todavía muchos meses subía aquella escalera con alegría, encontrándolo todo bien, muy bien. Pero era una suerte que la última vez que iba ahí me pareciera aquello repugnante y la situación tan poco deseable.

Cuando llegué al tercer piso sufría verdaderamente. Estaba helada y un poco fuera de mí. Caminaba sin hacer ruido por el estrecho corredor maloliente, asustada y casi huyendo. El número 17, opaco sobre la madera, me pareció calmante y familiar. Empujé cautelosamente la puerta y me encontré frente a Pablo.

Hubiera querido echarme en sus brazos y refugiar mis temores contra su cuerpo tan fuerte. Pero cuando vi sus ojos doloridos y sus manos inmóviles contra el cuerpo, recordé que era a Pablo a quien debía enfrentar por última vez, definitivamente.

—Hace demasiado calor aquí –dije de una manera atropellada, pasando a su lado sin tocarlo.

Abrí la ventana. Había un cielo gris de tormenta y en las azoteas próximas las mujeres corrían para recoger la ropa que un viento fuerte arrancaba de los tendederos. Era una tarde sofocada que esperaba la lluvia. En esa misma ventana, apretada contra Pablo, había esperado en días semejantes la caída de las primeras gotas; cuando llegaban reía y hablaba interminablemente; alguna vez hasta bailé por el cuarto, sin miedo al ridículo, como una niña. Ahora él no estaba a mi lado, seguía de pie en medio del cuarto, observándome, esperando…

—¡Qué calor! –lo dije sin demasiada fuerza y empecé a quitarme el suéter con movimientos desordenados. Pablo se acercó y me ayudó a desembarazarme de aquella especie de tela de araña. Me tocó las manos.

—Te quejas de calor y tienes las manos heladas.

No había contado con su voz. Con todo menos con su voz.

Me fue guiando dulcemente, de una mano, como si hubiera sido un niño o un ciego, hasta el borde de la cama. Me hizo sentar y acarició mis cabellos como para consolarme. Yo necesitaba un poco de whisky, pero me pareció inadecuado pedirlo y a él nunca se le ocurriría ofrecérmelo. Cuando creyó que estaba más calmada se retiró un poco y empezó a hablar.

—Leí tu carta, pero no comprendí bien, por eso te pedí que vinieras. Así de pronto… no lo entiendo… no entiendo en absoluto eso de que te vayas a casar con otro. Nosotros hemos hablado de…

—¿Y venirme a vivir aquí? —la voz chillona que oí no era la mía, ni era eso lo que había pensado decir.

Me miró repentinamente a los ojos, con rabia, y temí que me golpeara. Pero su ira se hizo desprecio, un desprecio duro que me dolió más que una bofetada.

—¡Ah!, si es por eso…

Se puso de pie como dando por terminada la entrevista. Ese momento fue mi oportunidad, la puerta que me abrió para la huida: el instante en que ofendido y echándome de su casa yo podía utilizarlo para la justificación y el recuerdo. Pero no pude pagar el precio. Creí que era cruel e injusto: no podía quedar así en su memoria. Necesitaba un porvenir mejor en otro sentido sin renegar de aquel pasado hermoso y único. Y ahora Pablo estaba ahí, mirándome con repugnancia y dolor como a un gusano herido.

Era la primera vez que me juzgaba, que me miraba desde una distancia insalvable, que me miraba desde fuera, y yo, sin comprenderlo del todo, supe que no me podría casar con otro, que no sabría caminar, hablar, pensar, si detrás de mí no había siempre, de alguna manera, aquella única, insustituible mirada de amor que había perdido.

Empecé a llorar y a balbucir con la cara entre las manos. Quería convencerlo de que quería al otro… de que lo quería a él; de que era una miserable… ¡no, no lo era! Le hablé de episodios de mi infancia… de mis padres… del remordimiento; le hablé mal de él mismo y bien de mí. Y de pronto empecé a reírme, a borbotones primero y después a carcajadas. La realidad perdida y un presentido mundo informe se mezclaban. Lloraba. Todo se desvanecía; el cuarto, Pablo y yo soñábamos. Mi cuerpo no pesaba. Desde un fondo oscuro y sin porvenir mi llanto y mi risa me confortaban. No me di cuenta de que Pablo me había desvestido y me pareció natural que caminara con mi cuerpo desnudo en sus brazos. Cuando sentí el agua fría de la regadera caer sobre mí, una rebeldía aguda me hizo gritar, pero pronto me fui calmando y hundiendo en un bienestar dulce como el sueño. El me arropó en su bata de baño blanca, tan grande y tibia. Me abandoné en sus brazos y sentí que me puso sobre la cama. No pude abrir los ojos. Lo oí regresar al baño y traté de incorporarme, pero no logré mover ni una mano.

Empezó a frotarme con una toalla. Primero las piernas y luego los brazos. Al principio me frotaba con eficiencia, vigorosamente, pero poco a poco la toalla subía y bajaba por mis miembros lentamente y sentía a través de la tela afelpada la mano poderosa de Pablo. Aquel calor nuevo y conocido, aquella frescura cálida que no se marchitaba nunca, estaba allí, limpia y presente como si yo no la hubiera traicionado. Las lágrimas me corrían por las sienes, pero no pude levantar los párpados. «Pequeña», oí que me llamaba y se abrazó a mi cuerpo inerte con un ruido extraño: como un sollozo.

Me besó con delicadeza, como si hubiera querido guardar en sus labios, partícula por partícula, todo mi cuerpo. Me pareció extraordinaria aquella fidelidad tensa y sostenida, aquella emoción que se alargaba sin desfallecimientos hasta envolverme toda. Era muy extraño que tuviera el valor de aplicarse tanto a reaprender una página sabida, gastada y que debía olvidar mañana. Me acarició largamente como en unas nupcias ideales con su sabio homenaje. Yo sabía que mi cuerpo resplandecía, otra vez hermoso y perfecto: Pablo me había devuelto a mí misma a riesgo de no volver a verme nunca. Después bruscamente, con una pasión herida y desesperada, surgió, casi visible, el deseo. Pero me deseaba a mí y se olvidaba de su propio deseo, me poseía a mí, por mí, olvidado de su propio placer. Abandonado. Los párpados se me hicieron transparentes como si un gran sol de verano estuviera fijo sobre mi cara.

De una manera formal aquello fue una violación, y el despecho pequeño que me produjo pensarlo lo escupí alguna vez en palabras hirientes. Pero esa tarde, cuando al fin pude abrir los ojos, Pablo estaba a mi lado y había empezado a llover.

Muchas cosas pasaron después en mi vida, pero ésta fue la más importante.

La Sunamita

> *Y buscaron una moza hermosa por todo el tér-*
> *mino de Israel, y hallaron a Abisag Sunamita,*
> *y trajéronla al rey.*
>   *Y la moza era hermosa, la cual calentaba*
> *al rey, y le servía: mas el rey nunca la conoció.*
>   Reyes I, 3-4

A quél fue un verano abrasador. El último de mi juventud.

Tensa, concentrada en el desafío que precede a la combustión, la ciudad ardía en una sola llama reseca y deslumbrante. En el centro de la llama estaba yo, vestida de negro, orgullosa, alimentando el fuego con mis cabellos rubios, sola. Las miradas de los hombres resbalaban por mi cuerpo sin mancharlo y mi altivo recato obligaba al saludo deferente. Estaba segura de tener el poder de domeñar las pasiones, de purificarlo todo en el aire encendido que me cercaba y no me consumía.

Nada cambió cuando recibí el telegrama; la tristeza que me trajo no afectaba en absoluto la manera de sentirme en el mundo: mi tío Apolonio se moría a los setenta y tantos años de edad; quería verme por última vez puesto que yo había vivido en su casa como una hija durante mucho tiempo, y yo sentía un sincero dolor ante aquella muerte inevitable. Todo esto era perfectamente normal, y ningún estremecimiento, ningún augurio me hizo sospechar nada. Hice los rápidos preparativos para el viaje en aquel mismo centro intocable en que me envolvía el verano estático.

Llegué al pueblo a la hora de la siesta.

Caminando por las calles solitarias con mi pequeño veliz en la mano, fui cayendo en el entresueño privado de realidad y de tiempo que da el calor excesivo. No, no recordaba, vivía a medias, como entonces. «Mira, Licha, están floreciendo las amapas.» La voz clara, casi infantil. «Para el dieciséis quiero que te hagas un vestido como el de Margarita Ibarra.» La oía, la sentía caminar a mi lado, un poco encorvada, ligera a pesar de su gordura, alegre y vieja; yo seguía adelante con los ojos entrecerrados, atesorando mi vaga, tierna angustia, dulcemente sometida a la compañía de mi tía Panchita, la hermana de mi madre. «Bueno, hija, si Pepe no te gusta… pero no es un mal muchacho.» Sí, había dicho eso justamente aquí, frente a la ventana de la Tichi Valenzuela, con aquel gozo suyo, inocente y maligno. Caminé un poco más, nublados ya los ladrillos de la acera, y cuando las campanadas resonaron pesadas y reales, dando por terminada la siesta y llamando al rosario, abrí los ojos y miré verdaderamente el pueblo: era otro, las amapas no habían florecido y yo estaba llorando, con mi vestido de luto, delante de la casa de mi tío.

El zaguán se encontraba abierto, como siempre, y en el fondo del patio estaba la bugambilia. Como siempre. Pero no igual. Me sequé las lágrimas y no sentí que llegaba, sino que me despedía. Las cosas aparecían inmóviles, como en el recuerdo, y el calor y el silencio lo marchitaban todo. Mis pasos resonaron desconocidos, y María salió a mi encuentro.

—¿Por qué no avisaste? Hubiéramos mandado...

Fuimos directamente a la habitación del enfermo. Al entrar casi sentí frío. El silencio y la penumbra precedían a la muerte.

—Luisa, ¿eres tú?

Aquella voz cariñosa se iba haciendo queda y pronto enmudecería del todo.

—Aquí estoy, tío.

—Bendito sea Dios, ya no me moriré solo.

—No diga eso, pronto se va a aliviar.

Sonrió tristemente; sabía que le estaba mintiendo, pero no quería hacerme llorar.

—Sí, hija, sí. Ahora descansa, toma posesión de la casa y luego ven a acompañarme. Voy a tratar de dormir un poco.

Más pequeño que antes, enjuto, sin dientes, perdido en la cama enorme y sobrenadando sin sentido en lo poco que le quedaba de vida, atormentaba como algo superfluo, fuera de lugar, igual que tantos moribundos. Esto se hacía evidente al salir al corredor caldeado y respirar hondamente, por instinto, la luz y el aire.

Comencé a cuidarlo y a sentirme contenta de hacerlo. La casa era *mi* casa y muchas mañanas al arreglarla tarareaba olvidadas canciones. La calma que me rodeaba venía tal vez de que mi tío ya no esperaba la muerte como una cosa inminente y terrible, sino que se abandonaba a los días, a un futuro más o menos corto o largo, con una dulzura inconsciente de niño. Repasaba con gusto su vida y se complacía en la ilusión de dejar en mí sus imágenes, como hacen los abuelos con sus nietos.

—Tráeme el cofrecito ese que hay en el ropero grande. Sí, ése. La llave está debajo de la carpeta, junto a San Antonio, tráela también.

Y revivían sus ojos hundidos a la vista de sus tesoros.

—Mira, este collar se lo regalé a tu tía cuando cumplimos diez años de casados, lo compré en Mazatlán a un joyero polaco que me contó no sé qué cuentos de princesas austriacas y me lo vendió bien caro. Lo traje escondido en la funda de mi pistola y no dormí un minuto en la diligencia por miedo a que me lo robaran…

La luz del sol poniente hizo centellear las piedras jóvenes y vivas en sus manos esclerosadas.

—…este anillo de montura tan antigua era de mi madre, fíjate bien en la miniatura que hay en la sala y verás que lo tiene puesto. La prima Begoña murmuraba a sus espaldas que un novio…

Volvían a hablar, a respirar aquellas señoras de los retratos a quienes él había visto, tocado. Yo las imaginaba, y me parecía entender el sentido de las alhajas de familia.

—¿Te he contado de cuando fuimos a Europa en 1908, antes de la Revolución? Había que ir en barco a Colima… y en Venecia tu tía Panchita se encaprichó con estos aretes. Eran demasiado caros y se lo dije: «Son para una reina»… Al día siguiente se los compré. Tú no te lo puedes imaginar porque cuando naciste ya hacía mucho de esto, pero entonces, en 1908, cuando estuvimos en Venecia, tu tía era tan joven, tan…

—Tío, se fatiga demasiado, descanse.

—Tienes razón, estoy cansado. Déjame solo un rato y llévate el cofre a tu cuarto, es tuyo.

—Pero tío...

—Todo es tuyo ¡y se acabó!... Regalo lo que me da la gana.

Su voz se quebró en un sollozo terrible: la ilusión se desvanecía, y se encontraba de nuevo a punto de morir, en el momento de despedirse de sus cosas más queridas. Se dio vuelta en la cama y me dejó con la caja en las manos sin saber qué hacer.

Otras veces me hablaba del «año del hambre», del «año del *máiz* amarillo», de la peste, y me contaba historias muy antiguas de asesinos y aparecidos. Alguna vez hasta canturreó un corrido de su juventud que se hizo pedazos en su voz cascada. Pero me iba heredando su vida, estaba contento.

El médico decía que sí, que veía una mejoría, pero que no había que hacerse ilusiones, no tenía remedio, todo era cuestión de días más o menos.

Una tarde oscurecida por nubarrones amenazantes, cuando estaba recogiendo la ropa tendida en el patio, oí el grito de María. Me quedé quieta, escuchando aquel grito como un trueno, el primero de la tormenta. Después el silencio, y yo sola en el patio, inmóvil. Una abeja pasó zumbando y la lluvia no se desencadenó. Nadie sabe como yo lo terribles que son los presagios que se quedan suspensos sobre una cabeza vuelta al cielo.

—Lichita, ¡se muere!, ¡está boqueando!

—Vete a buscar al médico… ¡No! Iré yo… llama a doña Clara para que te acompañe mientras vuelvo.

—Y el padre… Tráete al padre.

Salí corriendo, huyendo de aquel momento insoportable, de aquella inminencia sorda y asfixiante. Fui, vine, regresé a la casa, serví café, recibí a los parientes que empezaron a llegar ya medio vestidos de luto, encargué velas, pedí reliquias, continué huyendo enloquecida para no cumplir con el único deber que en ese momento tenía: estar junto a mi tío. Interrogué al médico: le había puesto una inyección por no dejar, todo era inútil ya. Vi llegar al señor cura con el Viático, pero ni entonces tuve fuerzas para entrar. Sabía que después tendría remordimientos –*Bendito sea Dios, ya no me moriré solo*– pero no podía. Me tapé la cara con las manos y empecé a rezar.

Vino el señor cura y me tocó en el hombro. Creí que todo había terminado y un escalofrío me recorrió la espalda.

—Te llama. Entra.

No sé cómo llegué hasta el umbral. Era ya de noche y la habitación iluminada por una lámpara veladora parecía enorme. Los muebles, agigantados, sombríos, y un aire extraño estancado en torno a la cama. La piel se me erizó, por los poros respiraba el horror a todo aquello, a la muerte.

—Acércate –dijo el sacerdote.

Obedecí yendo hasta los pies de la cama, sin atreverme a mirar ni las sábanas.

—Es la voluntad de tu tío, si no tienes algo que oponer, casarse contigo *in articulo mortis*, con la intención de que heredes sus bienes. ¿Aceptas?

Ahogué un grito de terror. Abrí los ojos como para abarcar

todo el espanto que aquel cuarto encerraba. «¿Por qué me quiere arrastrar a la tumba?»... Sentí que la muerte rozaba mi propia carne.

—Luisa...

Era don Apolonio. Tuve que mirarlo: casi no podía articular las sílabas, tenía la quijada caída y hablaba moviéndola como un muñeco de ventrílocuo.

—...por favor.

Y calló, extenuado.

No podía más. Salí de la habitación. Aquél no era mi tío, no se le parecía... Heredarme, sí, pero no los bienes solamente, las historias, la vida... Yo no quería nada, su vida, su muerte. No quería. Cuando abrí los ojos estaba en el patio y el cielo seguía encapotado. Respiré profundamente, dolorosamente.

—¿Ya?... –se acercaron a preguntarme los parientes, al verme tan descompuesta.

Yo moví la cabeza, negando. A mi espalda habló el sacerdote.

—Don Apolonio quiere casarse con ella en el último momento, para heredarla.

—¿Y tú no quieres? –preguntó ansiosamente la vieja criada–. No seas tonta, sólo tú te lo mereces. Fuiste una hija para ellos y te has matado cuidándolo. Si no te casas, los sobrinos de México no te van a dar nada. ¡No seas tonta!

—Es una delicadeza de su parte...

—Y luego te quedas viuda y rica y tan virgen como ahora –rio nerviosamente una prima jovencilla y pizpireta.

—La fortuna es considerable, y yo, como tío lejano tuyo, te aconsejaría que...

—Pensándolo bien, el no aceptar es una falta de caridad y de humildad.

«Eso es verdad, eso sí que es verdad.» No quería darle un último gusto al viejo, un gusto que después de todo debía agradecer, porque mi cuerpo joven, del que en el fondo estaba tan satisfecha, no tuviera ninguna clase de vínculos con la muerte. Me vinieron náuseas y fue el último pensamiento claro que tuve esa noche. Desperté como de un sopor hipnótico cuando me obligaron a tomar la mano cubierta de sudor frío. Me vino otra arcada, pero dije «Sí».

Recordaba vagamente que me habían cercado todo el tiempo, que todos hablaban a la vez, que me llevaban, me traían, me hacían firmar, y responder. La sensación que de esa noche me quedó para siempre fue la de una maléfica ronda que giraba vertiginosamente en torno mío y reía, grotesca, cantando

yo soy la viudita que manda la ley

y yo en medio era una esclava. Sufría y no podía levantar la cara al cielo.

Cuando me di cuenta, todo había pasado, y en mi mano brillaba el anillo torzal que vi tantas veces en el anular de mi tía Panchita: no había habido tiempo para otra cosa.

Todos empezaron a irse.

—Si me necesita, llámeme. Dele mientras tanto las gotas cada seis horas.

—Que Dios te bendiga y te dé fuerzas.

—Feliz noche de bodas —susurró a mi oído con una risita mezquina la prima jovencita.

Volví junto al enfermo. «Nada ha cambiado, nada ha

cambiado.» Por lo menos mi miedo no había cambiado. Convencí a María de que se quedara conmigo a velar a don Apolonio, y sólo recobré el control de mis nervios cuando vi que amanecía. Había empezado a llover, pero sin rayos, sin tormenta, quedamente.

Continuó lloviznando todo el día, y el otro, y el otro aún. Cuatro días de agonía. No teníamos apenas más visitas que las del médico y el señor cura; en días así nadie sale de su casa, todos se recogen y esperan a que la vida vuelva a comenzar. Son días espirituales, casi sagrados.

Si cuando menos el enfermo hubiera necesitado muchos cuidados mis horas hubieran sido menos largas, pero lo que se podía hacer por aquel cuerpo aletargado era bien poco.

La cuarta noche María se acostó en una pieza próxima y me quedé a solas con el moribundo. Oía la lluvia monótona y rezaba sin conciencia de lo que decía, adormilada y sin miedo, esperando. Los dedos se me fueron aquietando, poniendo morosos sobre las cuentas del rosario, y al acariciarlas sentía que por las yemas me entraba ese calor ajeno y propio que vamos dejando en las cosas y que nos es devuelto transformado: compañero, hermano que nos anticipa la dulce tibieza *del otro*, desconocida y sabida, nunca sentida y que habita en la médula de nuestros huesos. Suavemente, con delicia, distendidos los nervios, liviana la carne, fui cayendo en el sueño.

Debo haber dormido muchas horas: era la madrugada cuando desperté; me di cuenta porque las luces estaban apagadas y la planta eléctrica deja de funcionar a las dos de la mañana. La habitación, apenas iluminada por la lámpara de aceite que ardía sobre la cómoda a los pies de la

Virgen, me recordó la noche de la boda, de *mi* boda... Hacía mucho tiempo de eso, una eternidad vacía.

Desde el fondo de la penumbra llegó hasta mí la respiración fatigosa y quebrada de don Apolonio. Ahí estaba todavía, pero no él, el despojo persistente e incomprensible que se obstinaba en seguir aquí sin finalidad, sin motivo aparente alguno. La muerte da miedo, pero la vida mezclada, imbuida en la muerte, da un horror que tiene muy poco que ver con la muerte y con la vida. El silencio, la corrupción, el hedor, la deformación monstruosa, la desaparición final, eso es doloroso, pero llega a un clímax y luego va cediendo, se va diluyendo en la tierra, en el recuerdo, en la historia. Y esto no, el pacto terrible entre la vida y la muerte que se manifestaba en ese estertor inútil, podía continuar eternamente. Lo oía raspar la garganta insensible y se me ocurrió que no era aire lo que entraba en aquel cuerpo, o más bien que no era un cuerpo humano el que lo aspiraba y lo expelía; se trataba de una máquina que resoplaba y hacía pausas caprichosas por juego, para matar el tiempo sin fin. No había allí un ser humano, alguien jugaba con aquel ronquido. Y el horror contra el que nada pude me conquistó: empecé a respirar al ritmo entrecortado de los estertores, respirar, cortar de pronto, ahogarme, respirar, ahogarme... sin poderme ya detener, hasta que me di cuenta de que me había engañado en cuanto al sentido que tenía el juego, porque lo que en realidad sentía era el sufrimiento y la asfixia de un moribundo. De todos modos, seguí, seguí, hasta que no quedó más que un solo respirar, un solo aliento inhumano, una sola agonía. Me sentí más tranquila, aterrada pero tranquila: había quitado la barrera, podía abandonarme simplemente y esperar el final común. Me pareció que con mi abandono, con mi alianza incondicional, *aquello* se resolvería con rapidez, no podría continuar, habría cumplido su finalidad y su búsqueda persistente en el vacío.

Ni una despedida, ni un destello de piedad hacia mí. Continué el juego mortal largamente, desde un lugar donde el tiempo no importaba ya.

La respiración común se fue haciendo más regular, más calmada, aunque también más débil. Me pareció regresar. Pero estaba tan cansada que no podía moverme, sentía el letargo definitivamente anidado dentro de mi cuerpo. Abrí los ojos. Todo estaba igual.

No. Lejos, en la sombra, hay una rosa; sola, única y viva. Está ahí, recortada, nítida, con sus pétalos carnosos y leves, resplandeciente. Es una presencia hermosa y simple. La miro y mi mano se mueve y recuerda su contacto y la acción sencilla de ponerla en el vaso. La miré entonces, ahora la conozco. Me muevo un poco, parpadeo, y ella sigue ahí, plena, igual a sí misma.

Respiro libremente, con mi propia respiración. Rezo, recuerdo, dormito, y la rosa intacta monta la guardia de la luz y del secreto. La muerte y la esperanza se transforman.

Pero ahora comienza a amanecer y en el cielo limpio veo, ¡al fin!, que los días de lluvia han terminado. Me quedo largo rato contemplando por la ventana cómo cambia todo al nacer el sol. Un rayo poderoso entra y la agonía me parece una mentira; un gozo injustificado me llena los pulmones y sin querer sonrío. Me vuelvo a la rosa como a una cómplice, pero no la encuentro: el sol la ha marchitado.

Volvieron los días luminosos, el calor enervante; las gentes trabajaban, gritaban, pero don Apolonio no se moría, antes bien parecía mejorar. Yo lo seguía cuidando, pero ya sin alegría, con los ojos bajos y descargando en el esmero por servirlo toda mi abnegación remordida y exacerbada: lo que deseaba, ya con toda claridad, era que aquello terminara pronto, que se muriera de una vez. El miedo, el horror que me producían su vista, su contacto, su voz, eran injustificados, porque el lazo que nos unía no era real, no podía serlo, y sin embargo yo lo sentía sobre mí como un peso, y a fuerza de bondad y de remordimientos quería desembarazarme de él.

Sí, don Apolonio mejoraba a ojos vistas. Hasta el médico estaba sorprendido, no podía explicarlo.

Precisamente la mañana en que lo senté por primera vez recargado sobre los almohadones sorprendí aquella mirada en los ojos de mi tío. Hacía un calor sofocante y lo había tenido que levantar casi en vilo. Cuando lo dejé acomodado me di cuenta: el viejo estaba mirando con una fijeza estrábica mi pecho jadeante, el rostro descompuesto y las manos temblonas inconscientemente tendidas hacia mí. Me retiré instintivamente, desviando la cabeza.

—Por favor, entrecierra los postigos, hace demasiado calor.

Su cuerpo casi muerto se calentaba.

—Ven aquí, Luisa. Siéntate a mi lado. Ven.

—Sí, tío –me senté encogida a los pies de la cama, sin mirarlo.

—No me llames tío, dime Polo, después de todo ahora somos más cercanos parientes –había un dejo burlón en el tono con que lo dijo.

—Sí, tío.

—Polo, Polo –su voz era otra vez dulce y tersa–. Tendrás que perdonarme muchas cosas; soy viejo y estoy enfermo, y un hombre así es como un niño.

—Sí.

—A ver, di «Sí, Polo».

—Sí, Polo.

Aquel nombre pronunciado por mis labios me parecía una aberración, me producía una repugnancia invencible.

Y Polo mejoró, pero se tornó irritable y quisquilloso. Yo me daba cuenta de que luchaba por volver a ser el que había sido; pero no, el que resucitaba no era él mismo, era otro.

—Luisa, tráeme... Luisa, dame... Luisa, arréglame las almohadas... dame agua... acomódame esta pierna...

Me quería todo el día rodeándolo, alejándome, acercándome, tocándolo. Y aquella mirada fija y aquella cara descompuesta del primer día reaparecían cada vez con mayor frecuencia, se iban superponiendo a sus facciones como una máscara.

—Recoge el libro. Se me cayó debajo de la cama, de este lado.

Me arrodillé y metí la cabeza y casi todo el torso debajo de la cama, pero tenía que alargar lo más posible el brazo para alcanzarlo. Primero me pareció que había sido mi propio movimiento, o quizá el roce de la ropa, pero ya con el libro cogido y cuando me reacomodaba para salir, me quedé inmóvil, anonadada por aquello que había presentido, esperado: el desencadenamiento, el grito, el trueno. Una rabia nunca sentida me estremeció cuando pude creer que era verdad aquello que estaba sucediendo, y que aprovechándose de mi asombro su mano temblona se hacía más segura y más pesada y se recreaba, se aventuraba ya sin freno palpando y recorriendo mis caderas; una mano descarnada que se pegaba a mi carne y la estrujaba con deleite, una mano muerta que buscaba impaciente el hueco entre mis piernas, una mano sola, sin cuerpo.

Me levanté lo más rápidamente que pude, con la cara ardiéndome de coraje y vergüenza, pero al enfrentarme a él me olvidé de mí y entré como un autómata en la pesadilla: se reía quedito, con su boca sin dientes. Y luego, poniéndose serio de golpe, con una frialdad que me dejó aterrada:

—¡Qué! ¿No eres mi mujer ante Dios y ante los hombres? Ven, tengo frío, caliéntame la cama. Pero quítate el vestido, lo vas a arrugar.

Lo que siguió ya sé que es mi historia, mi vida, pero apenas lo puedo recordar como un sueño repugnante, no sé siquiera si muy corto o muy largo. Hubo una sola idea que me sostuvo durante los primeros tiempos: «Esto no puede continuar, no puede continuar.» Creí que Dios no podría permitir aquello, que lo impediría de alguna manera, Él, personalmente. Antes tan temida, ahora la muerte me parecía la única salvación. No la de Apolonio, no, él era un demonio de la muerte, sino la mía, la justa y necesaria muerte para mi carne corrompida. Pero nada sucedió. Todo continuó suspendido en el tiempo, sin futuro posible. Entonces, una mañana, sin equipaje, me marché.

Resultó inútil. Tres días después me avisaron que mi marido se estaba muriendo y me llamaba. Fui a ver al confesor y le conté mi historia.

—Lo que lo hace vivir es la lujuria, el más horrible pecado. Eso no es la vida, padre, es la muerte, ¡déjelo morir!

—Moriría en la desesperación. No puede ser.

—¿Y yo?

—Comprendo, pero si no vas será un asesinato. Procura no dar ocasión, encomiéndate a la Virgen, y piensa que tus deberes…

Regresé. Y el pecado lo volvió a sacar de la tumba.

Luchando, luchando sin tregua, pude vencer al cabo de los años, vencer mi odio, y al final, muy al final, también vencí a la bestia: Apolonio murió tranquilo, dulce, él mismo.

Pero yo no pude volver a ser la que fui. Ahora la vileza y la malicia brillan en los ojos de los hombres que me miran y yo me siento ocasión de pecado para todos, peor que la más abyecta de las prostitutas. Sola, pecadora, consumida totalmente por la llama implacable que nos envuelve a todos los que, como hormigas, habitamos este verano cruel que no termina nunca.

Mariana

ARIANA VESTÍA EL UNIFORME AZUL MARINO Y se sentaba en el pupitre al lado del mío. En la fila de adelante estaba Concha Zazueta. Mariana no atendía a la clase, entretenida en dibujar casitas con techos de dos aguas y árboles con figuras de nubes, y un camino que llevaba a la casa, y patos y pollos, todo igual a lo que hacen los niños de primer año. Estábamos en sexto. Hace calor, el sol de la tarde entra por las ventanas; la madre Paz, delante del pizarrón, se retarda explicando la guerra del Peloponeso. Nos habla del odio de todas las aristocracias griegas hacia la imponente democracia ateniense. Extraño. Justamente la única aristocracia verdadera, para mí, era la ateniense, y Pericles la imagen en el poder de esa aristocracia; incluso la peste sobre Atenas, que mata sin equivocarse a «la parte más escogida de la población» me parecía que subrayaba esa realidad. Todo esto era más una sensación que un pensamiento. La madre Paz, aunque no lo dice, está también del lado de los atenienses. Es hermoso verla explicar —reconstruyendo en el aire con sus manos finas los edificios que nunca ha visto— el esplendor de la ciudad condenada. Hay una necesidad amorosa de salvar a Atenas, pero la madre Paz siente también el extraño goce de saber que la ciudad perfecta perecerá, al parecer sin grandeza, tristemente; al parecer, en la historia, pero no en verdad. Mariana me dio un codazo: «¿Ves? Por este caminito va Fernando y yo estoy parada en la puerta, esperándolo», y me señalaba muy ufana dos muñequitos, uno con sombrero y otro con cabellera igual a las nubes y a los árboles, tiesos y sin gracia en mitad del dibujo estúpido. «Están muy feos», le dije para que me dejara tranquila, y ella contestó: «Los voy a hacer otra vez». Dio vuelta a la hoja de su cuaderno y se puso a dibujar con mucho cuidado un paisaje idéntico al anterior. Pericles ya había muerto, pero estoy segura de que Mariana jamás oyó hablar de él.

Yo nunca la acompañé; era Concha Zazueta quien me lo contaba todo.

A la salida de la escuela, sentadas debajo de la palmera, nos dedicábamos a comer los dátiles agarrosos caídos sobre el pasto, mientras Concha me dejaba saber, poco a poco, a dónde habían ido en el coche que Fernando le robaba a su padre mientras éste lo tenía estacionado frente al Banco. En los algodonales, por las huertas, al lado del Puente Negro, por todas partes parecían brotar lugares maravillosos para correr en pareja, besarse y rodar abrazados, sofocados de risa. Ni Concha ni yo habíamos sospechado nunca que, a nuestro alrededor creciera algo muy parecido al paraíso terrenal. Concha decía: «...y se le quedó mirando, mirando, derecho a los ojos, muy serio, como si estuviera enojado o muy triste y ella se reía sin ruido y echaba la cabeza para atrás y él se iba acercando, acercando, y la miraba. El parecía como desesperado pero de repente cerró los ojos y la besó; yo creí que no la iba a soltar nunca. Cuando los abrió, la luz del sol lo lastimó. Entonces le acarició una mano, como si estuviera avergonzado... Todo lo vi muy bien porque yo estaba en el asiento de atrás y ellos ni cuenta se daban».

¡Oh, Dios mío! Lo importante que se sentía Concha con esas historias; y se hacía rogar un poco para contarlas aunque le encantara hacerlo y sofocarse y mirar cómo las otras nos sofocábamos.

—¿Por qué se reía Mariana si Fernando estaba tan serio?

—Quién sabe. ¿A ti te han besado alguna vez?

—No.

—A mí tampoco.

Así que no podíamos entender aquellos cambios ni su significado.

Más y más episodios, detalles, muchos detalles, se fueron acumulando en nosotras a través de Concha Zazueta: Fernando tiraba poco a poco, por una puntita, del moño rojo del uniforme de Mariana mientras le contaba algo que había pasado en un mitin de la Federación Universitaria; tiraba poquito a poquito, sin querer, pero cuando de pronto se desbarataba el lazo y el listón caía desmadejado por el pecho de Mariana, los dos se echaban a reír, y abrazados, entre carcajadas, se olvidaban por completo de la Federación. También hubo pleitos por cosas inexplicables, por palabras sin sentido, por nada, pero sobre todo se besaban y él la llamaba «linda». Yo nunca se lo oí decir, pero aún ahora siento como un golpe en el estómago cuando recuerdo la manera ahogada con que se lo decía, apretándola contra sí, mientras Concha Zazueta contenía el aliento arrinconada en la parte de atrás del automóvil.

Fue al año siguiente, cuando ya estábamos en primero de Comercio, que Mariana llegó un día al Colegio con los labios rojo bermellón. Amoratada se puso la madre Julia cuando la vio.

—Al baño inmediatamente a quitarte esa inmundicia de la cara. Después vas a ir al despacho de la Madre Priora.

Paso a paso se dirigió Mariana a los baños. Regresó con los labios sin grasa y de un rojo bastante discreto

—¿No te dije que te quitaras *toda* esa horrible pintura?

—Sí madre, pero como es muy buena, de la que se pone mi mamá, no se quita.

Lo dijo con su voz lenta, afectada, como si estuviera enseñando una lección a un párvulo. La madre Julia palideció de ira.

—No tendrás derecho a ningún premio este año. ¿Me oyes?

—Sí, madre.

—Vas a ir al despacho de la Madre Priora... Voy a llamar a tus padres... Y vas a escribir mil veces: «Debo ser comedida con mis superiores», y... y... ¿entendiste?

—Sí, madre.

Todavía la madre Julia inventó algunos castigos más, que no preocuparon en lo mínimo a Mariana.

—¿Por qué viniste pintada?

—Era peor que vieran esto. Fíjense.

Y metió el labio inferior entre los dientes para que pudiéramos ver el borde de abajo: estaba partido en pequeñísimas estrías y la piel completamente escoriada, aunque cubierta de pintura.

—¿Qué te pasó?

—Fernando.

—¿Qué te hizo Fernando?

Ella sonrió y se encogió de hombros, mirándonos con lástima.

Una mañana, antes de que sonara la campana de entrada a clases, Concha se me acercó muy agitada para decirme:

—Anoche le pegó su papá. Yo estaba allí porque me invitaron a merendar. El papá gritó y Mariana dijo que por nada del mundo dejaría a Fernando. Entonces don Manuel le pegó. Le pegó en la cara como tres veces. Estaba tan furioso que todos sentimos miedo, pero Mariana no. Se quedó quieta, mirándolo. Le escurría sangre de la boca, pero no lloraba ni decía nada. Don Manuel la sacudió por los hombros, pero ella seguía igual, mirándolo. Entonces la soltó y se fue. Mariana se limpió la sangre y se vio la mano manchada. Su mamá estaba llorando. «Me voy a acostar», me dijo Mariana, con toda calma, y se metió a su cuarto. Yo estaba temblando. Me salí sin dar siquiera las buenas noches; me fui a mi casa y casi no pude dormir. Ya no la voy a acompañar: me da miedo que su papá se ponga así. Con seguridad que no va a venir.

Pero cuando sonó la campana, Mariana entró con su paso lento y la cabeza levantada, como todas las mañanas. Traía el labio de abajo hinchado y con una herida del lado izquierdo, cerca de la comisura, pero venía perfectamente peinada y serena.

—¿Qué te pasó? –le preguntó Lilia Chávez.

—Me caí –contestó, mientras miraba, sonriendo con sorna, a Concha–. Hormiga –le murmuró al oído, al pasar junto a ella para ir a tomar su lugar entre las mayores.

Hormiga se llamó durante muchos años a la Hormiga Zazueta.

Golpes, internados, castigos, viajes, todo se hizo para que Mariana dejara a Fernando, y ella aceptó el dolor de los golpes y el placer de viajar, sin comprometerse. Nosotras sabíamos que había un tiempo vacío que los padres podrían llenar como quisieran, pero que después vendría el tiempo de Fernando. Y así fue. Cuando Mariana regresó del internado, se fugaron, luego volvieron, pidieron perdón y los padres los casaron. Fue una boda rumbosa y nosotras asistimos. Nunca vi dos seres tan hermosos: radiantes, libres al fin.

Por supuesto que el vestido blanco y los azahares causaron escándalo, se hablaba mucho de la fuga, pero todo era en el fondo tan normal que pensé en lo absurdo que resultaba ahora don Manuel por no haber permitido el noviazgo desde el principio. Aunque ella hubiera tenido entonces apenas trece o catorce años, si él no se hubiera opuesto con esa inexplicable fiereza… Pero no, encima de la mesa estaban una mano de Fernando y una mano de Mariana, los dedos de él sobre el dorso de la de ella, sin caricias, olvidadas; no era necesaria más que una atención pequeña para ver la presencia que tenía ese contacto en reposo, hasta ser casi un brillo o un peso, algo diferente a dos manos que se tocan. No había padre ni razón capaces de abolir la leve realidad inexpresable y segura de aquellas dos manos diferentes y juntas.

Oscuro está en la boda de su hija, que se casa con un buen muchacho, hijo de familia amiga –y recibe con una sonrisa los buenos augurios–, pero tiene en el fondo de los ojos un vacío amargo. No es cólera ni despecho, es un vacío. Mariana pasa frente a él bailando con Fernando. Mariana. Sobre su cara luminosa veo de pronto el labio roto, la piel pálida, y me doy cuenta de que aquel día, a la entrada de clases, su rostro estaba cerrado. Serena y segura, caminando sin titubeos, desafiante, sostiene la herida, la palidez, el silencio; se cierra y continúa andando, sin permitirse dudar, ni confiar en nadie, ni llorar. La boca se hincha cada vez más y en sus ojos está el dolor amordazado, el que no vi entonces ni nunca, el dolor que sé cómo es pero que jamás conocí: un lento fluir oscuro y silencioso que va llenando, inundando los ojos hasta que estallan en el deslumbramiento último del espanto. Pero no hay espanto, no hay grito, está el vacío necesario para que el dolor comience a llenarlo. Parpadeo y me doy cuenta de que Mariana no está ahí, pasó ya, y el labio herido, el rostro cada vez más pálido, y los ojos, sobre todo los ojos, son los de su padre.

No quise ver a Mariana muerta, pero mientras la velábamos vi a don Manuel y miré en sus facciones desordenadas la descomposición de las de Mariana: otra vez esa mezcla terrible de futuro y pasado, de sufrimiento puro, impersonal, encarnado sin embargo en una persona, en dos, una viva y otra muerta, ciegas ahora ambas y anegadas por la corriente oscura a la que se abandonaron por ellos y por otros más, muchos más, o por alguno.

Mariana estaba aquí, sobre ese diván forrado de terciopelo color oro, sentada sobre las piernas, agazapada, y con una copa en la mano. Alrededor de ella el terciopelo se arruga en ondas. Recuerdo sus ojos amarillos, mansos y en espera. «La víctima contaba 34 años.» No pensaba uno nunca en la edad mirando a Mariana. Vine aquí por evocarla, en tu casa y contigo. Espera: hablaba arrastrando sílabas y palabras durante minutos completos, palabras tontas, que dejaba salir despacio, arqueando la boca, palabras que no le importaban y que iba soltando, saboreando, sirviéndose de ellas para gozar los tonos de su voz. Una voz falsa, ya lo sé, pero buscada, encontrada, la única verdaderamente suya. Creaba un gesto, medio gesto, en ella, en ti, en mí, en el gesto mismo, pero había algo más... ¿Te acuerdas? Adoraba decir barbaridades con su voz ronca para luego volver la cabeza, aparentando fastidio, acariciándose el cuello con una mano, mientras los demás nos moríamos de risa. Las perlas, aquel largo collar de perlas tras el que se ocultaba sonriente, mordisqueándolo, mostrándose. Los gestos, los movimientos. Jugar a la vampiresa, o jugar a la alegre, a la bailadora, a la sensual. Decir así quién era, mientras cantaba, bebía, bailaba. Pero no lo decía todo... ¿Te das cuenta de que nunca la vimos besar a Fernando? Y los hemos visto a los otros, hasta a los adúlteros, alguna vez, en la madrugada, pero a ellos no; lo que hacían era irse para acariciarse en secreto. En secreto murió aunque el escándalo se haya extendido como una mancha, aunque mostraran su desnudez, su intimidad, lo que ellos creen que es su intimidad. El tiempo lento y frenético de Mariana era hacia adentro, en profundidad, no transcurría. Un tanteo a ciegas, en el que no tenía nada que hacer la inteligencia. Sé que te parece que hago mal, que es antinatural este encarnizamiento impúdico con una historia ajena. Pero no es ajena. También ha sucedido por ti y por mí... La locura y el crimen… ¿Pensaste alguna vez en que las historias que terminan como debe de ser quedan aparte, existen de un modo absoluto? En un tiempo que no transcurre.

Husmeando, llegué a la cárcel. Fui a ver al asesino.

Ése es inocente. No; quiero decir, es culpable, ha asesinado. Pero no sabe.

Cuando entré me miró de un modo que me hizo ser consciente de mi aspecto, de mis maneras: elegante. Cualquier cosa se me hubiera ocurrido menos que me iba a sentir elegante en una celda, ante un asesino.

Sí, él la mató, con esas manos que muestra aterrado, escandalizado de ellas.

No sabe por qué, no sabe por qué, y se echa a llorar. Él no la conocía; un amigo, viajero también, le habló de ella. Todo fue exactamente como le dijo su amigo, menos al final, cuando el placer se prolongó mucho, muchísimo, y él se dio cuenta de que el placer estaba en ahogarla. ¿Por qué ella no se defendió? Si hubiera gritado, o lo hubiera arañado, eso no habría sucedido, pero ella no parecía sufrir. Lo peor era que lo estaba mirando. Pero él no se dio cuenta de que la mataba. Él no quería, no tenía por qué matarla. Él sabe que la mató, pero no lo cree. No puede creerlo. Y los sollozos lo ahogan. Me pide perdón, se arrodilla. Me habla de sus padres, allá en Sayula. Él ha sido bueno siempre, puedo preguntárselo a cualquiera en su pueblo. Le contesto que lo sé, porque los premios a la inocencia son con frecuencia así. Para él son extrañas mis palabras, y sigue llorando. Me da pena. Cuando salgo de la celda, está tirado en el suelo, boca abajo, llorando. Es una víctima.

Me fui a México a ver a Fernando. No le extrañó que hiciera un viaje tan largo para hablar con él. Encontró naturales mis explicaciones. Si hubiera sido un poco menos verdadero lo que me contó hasta hubiera podido estar agradecido de mi testimonio. Pero él y Mariana no necesitan testigos: lo son uno del otro. Fernando no regatea la entrega. Triunfa en él el tiempo sin fondo de Mariana, ¿o fue él quien se lo dio? De cualquier manera, el relato de Fernando le da un sentido a los datos inconexos y desquiciados que suponemos constituyen la verdad de una historia. En su confesión encontré lo que he venido rastreando: el secreto que hace absoluta la historia de Mariana.

«El día del casamiento ella estaba bellísima. Sus ojos tenían una pureza animal, anterior a todo pecado. En el momento en que recibió la bendición yo adiviné su cuerpo recorrido por un escalofrío de gozo. El contacto con "algo" más allá de los sentidos la estremeció agudamente, no en los nervios importantes, sino en los nerviecillos menores que rematan su recorrido en la piel. Le pasé una mano por la espalda, suavemente, y sentí cómo volvían a vibrar; casi me pareció ver la espalda desnuda sacudirse por zonas, por manchas, con un movimiento leonado. Ahora las cosas iban mejor: Mariana estaba consagrada... para mí. Pero me engañé: sus ojos seguían abiertos mirando el altar. Solamente yo vi esa mirada fija absorber un misterio que nadie podría poner en palabras. Todavía cuando se volvió hacia mí los tenía llenos de vacío.

»Miedo o respeto debí sentir, pero no, un extraño furor, una necesidad inacabable de posesión me enceguecieron, y ahí comenzó lo que ellos llaman mi locura.

»Podría decirse que de esa locura nacieron los cuatro

hijos que tuvimos; no es así, el amor, la carne, existieron también, y durante años fueron suficientes para apaciguar la pasión espiritual que brilló por primera vez aquel día. Nos fueron concedidos muchos años de felicidad ardiente y honorable. Por eso creo, ahora mismo que estamos dentro de una gran ola de misericordia.

»Fue otro momento de gran belleza el que nos marcó definitivamente.

»El sol no tenía peso; un viento frío y constante recorría las marismas desiertas; detrás de los médanos sonaba el mar; no había más que mangles chaparros y arena salitrosa, caminos tersos y duros, inviolables, extrañamente iguales al cielo pálido e inmóvil. Los pasos no dejan huella en las marismas, todos los senderos son iguales, y sin embargo uno no se cansa, los recorre siempre sorprendido de su belleza desnuda e inhóspita. Tomados de la mano llegamos al borde del estero de Dautillos.

»Fue ella la que me mostró sus ojos en un acto inocente, impúdico. Otra vez sin mirada, sin fondo, incapaces de ser espejos, totalmente vacíos de mí. Luego los volvió hacia los médanos y se quedó inmóvil.

»El furor que sentí el día de la boda, los celos terribles de que algo, alguien, pudiera hacer surgir aquella mirada helada en los ojos de Mariana, mi Mariana carnal, tonta; celos de un alma que existía, natural, y que no era para mí; celos de aquel absorber lento en el altar, en la belleza, el alimento de algo que le era necesario y que debía tener exigencias, agazapado siempre dentro de ella, y que no quería tener nada conmigo. Furor y celos inmensos que me hicieron golpearla, meterla al agua, estrangularla, ahogarla, buscando siempre para mí la mirada que no era mía. Pero los ojos de Mariana, abiertos, siempre abiertos, sólo me reflejaban: con sorpresa, con miedo, con amor, con piedad. Recuerdo eso sobre todo, sus ojos bajo el agua, desorbitados, mirándome con una piedad inmensa. Después he recordado el pelo mojado, pegado al cuello, que parecía en aquel momento infantil; la sangre corriendo de la boca, de la oreja; el grito ronco de su agonía y mi amor de hombre gritando junto a su voz el dolor espantoso de verla herida, sufriente, medio muerta, mientras mi alma seguía asesinándola para llegar a producir su mirada insondable, para tocarla en el último momento, cuando ella no pudiera ya más mirarme a mí y no tuviera otro remedio que mirarme como a su muerte. Quería ser su muerte.

»Y sí, hubo un instante en que sus ojos vacíos, fijos en los míos, me llenaron de aquello desconocido, más allá de ella y de mí, un abismo en el que yo no sabía mirar, en el que me perdí como en una noche terrible. La solté, arrastré su cuerpo hasta la orilla y grité, grité, echado sobre su vientre, mientras miraba los agujeros innumerables, las burbujas, los movimientos ciegos, el horror pululante, calmo y sin piedad de los habitantes de la orilla del estero; ínfimas manifestaciones de vida, ni gusanos ni batracios, asquerosos informes, torpes, pequeñísimos, vivos, seres callados que me hicieron llorar por mi enorme pecado, y entenderlo, y amarlo.

»Desde entonces estoy aquí. Tomo las pastillas y finjo que he olvidado. Me porto bien, soy amable, asiento a todas las buenas razones que me da el médico y admito de buen grado que estoy loco. Pero ellos no saben el mal que me hacen. Lo primero que recuerdo después de aquello es que alguien me dijo que Mariana estaba viva; entonces quise ir a ella, pedirle perdón, lloré de dolor y arrepentimiento, le escribí, pero no nos dejaron acercar. Sé que vino, que suplicó, pero ellos velaron también por su bien y no la dejaron entrar. Decían que la nuestra era una pasión destructiva, sin comprender que lo único que podía salvarnos era el deseo, el amor, la carne que nos daba el descanso y la ternura.

»A mí, a fuerza de tratamiento, terminaron por quitarme todo lo que me hacía bien: sexo, fuerza, la alegría del animal sano, y me dejaron a solas con lo que pienso y nunca les diré.

»A ella la abandonaron a su pasión sin respuesta. Luego les extrañó que comenzara a irse a los hoteles, sin el menor recato, con el primer tipo que se le ponía enfrente. Cuando una vez dije que era por fidelidad a nosotros que hacía eso, que no le habían dejado otra manera de buscarme, se alarmaron tanto que quisieron hacerme inmediatamente la operación. Por mi bien y salud me castrarán de todas las maneras posibles, hasta no dejar más que la inocente y envidiable vida primitiva, verdadera: la de los seres que pueblan las orillas de los esteros.

»Me alegra poder decir lo que tengo que decir, antes de que me hagan olvidarlo o no entenderlo: yo maté a Mariana. Fui yo, con las manos de ese infeliz Anselmo Pineda, viajante de comercio; era yo ése al que Mariana buscaba en el cuerpo de otros hombres: jamás nadie la tocó más que yo; fui yo su muerte, me miró a los ojos y por eso ahora siento desprecio por lo que van a hacerme, pero no me da miedo, porque mucho más terrible que la idiotez que me espera es esa última mirada de Mariana en el hotel, mientras la estrangulaba, esa mirada que es todo el silencio, la imposibilidad, la eternidad, donde ya no somos, donde jamás volveré a encontrarla.»

DE *RÍO SUBTERRÁNEO*

(1979)

A José de la Colina

N OMBRES. También entran en el misterio, se corresponden con otras cosas. Así sucedió con Eduwiges. Él no pudo conformarse con decirle «Eluviques», y la llamo simplemente Lu, y Lu es el nombre de un semitono de la escala musical china: justo el significado y el sonido que vibraban en él cuando la veía moverse, con su cuerpo alto, elástico y joven sobre los verdes tiernos y sombríos de su parcela, cuando la oía reír con su risa sonora que hacía aletear a los pájaros cercanos.

Ella le preguntó una vez:

—Si sabes tantas cosas, ¿por qué no nos vamos a la ciudad? Yo sé que tienes guardado dinero, pero eres un tacaño. Allá hay chinos ricos, muy ricos, y viven con lujo. Pon una tienda en Culiacán. Yo te ayudo.

—¿Por qué vivo en la colina verde-jade?

Río y no respondo. Mi corazón sereno:

flor de durazno que arrastra la corriente.

No el mundo de los hombres,

bajo otro cielo vivo, en otra tierra.

—Vete al diablo. Tú y tus tonterías.

Pero le había dado tres hijos y había cantado bajo el techo de paja.

Luego existía aquello también, el que don Hernán, de vez en cuando, hablara en serio con él y, cuando estaba de buenas, lo llamara Confucio o Li Po. Él había viajado por todo el mundo, leído todo. Y después, cuando la gran persecución a los chinos en el noroeste, no había permitido que ninguno de ellos fuera tocado, ni los ricos ni los pobres. Y le había prestado, por capricho seguramente, el libro traducido del inglés aquel, cuyos poemas había copiado con tantas dificultades, porque leer, podía leer de corrido, pero escribir, no había escrito nunca desde que aprendió: ¿a quién iba a escribirle él? Ni en chino tendría a quién hacerlo, aunque hubiese podido recordar los caracteres suficientes para ello. «No más afán de regresar, / olvidar todo lo aprendido, entre los árboles.» Eso había decidido cuando llegó, ¿hacía cuántos años? Para eso no tiene memoria. Sí, recuerda a su maestro allá. El silencio…

—Manuel. Mañana tengo visitas. Quiero que me traigas unas amapolas, pero que sean las más bonitas que haya.

—Sí, sí –y mueve la cabeza como si la tuviera suelta sobre el cuello largo y pelado.

—Van a venir mis suegros, ¿sabes? Bueno, los que van a ser mis suegros. Me vienen a pedir.

—Bueno, bueno. Yo regalalte floles.

—Gracias, Manuel. ¡Ah!, desde ahora te digo que te voy a invitar a la boda.

—Bueno, muy bueno.

También él se había casado y don Hernán en persona había sido su padrino. Quizá por eso se había sentido obligado, cuando Lu se fue con Ruperto, a mandarlo llamar para decirle que podían hacerla volver, meterla en la cárcel, quitarle a los hijos, podían... podían tantas cosas... Don Hernán estaba enojado.

No. Le había vendido hortaliza a Ruperto desde siempre y era un hombre honrado. Lu le había dado felicidad y tres hijos. Las tardes en que Ruperto iba con su camión, y entre los dos cargaban las legumbres, cuando habían terminado, Lu se acercaba y les ofrecía agua de frutas, como él le había enseñado, y no era culpa de ellos si sabían reírse a carcajadas al mismo tiempo, y hablar igual, con la misma pronunciación, de las mismas cosas, largo tiempo parados; lo había visto mientras escuchaba, quieto. Así sucedió durante años. En cuanto a los hijos; a esas pequeñas fieras sin domar... eran idénticos a ella, físicamente moldeados a su imagen, incluso. Tenían sus enormes ojos amarillos, aunque ligeramente rasgados; además, lo había intentado todo para enseñarles lo que él aprendió de pequeño, tan pequeño como ellos, y sólo le habían respondido con actitudes de extrañeza. Sobresalto, si no un leve repudio había sentido en todos cuando uno por uno, a su tiempo, los había llevado a ver al San Lorenzo después de la avenida, majestuoso y calmo, y en voz baja, jugando con una hoja o acariciando una piedra había dicho lentamente: «Lejos, el río desemboca en el cielo».

A pesar de sus advertencias, jugando pisoteaban y destruían los cuadros de almácigos, y no había conseguido que trasplantaran con cuidado una sola pequeña planta o se quedaran un instante quietos viendo algo, por ejemplo la luna, tan extraña y tan íntima.

No era ni siquiera los nombres de las personas, de las cosas lo que se le escapaba, era solamente la articulación. Y eso era todo: suficiente para que lo consideraran inferior, todos, todos; ni don Hernán, a veces, lo comprendía bien, profundamente. Solamente los otros chinos. Sí, no era una casualidad que no hablara como los demás, que tuviera su forma especial de hacerlo.

—Viejos fantasmas, más nuevas.

Zozobra, llanto, nadie.

Envejecido, roto,

para mí sólo canto.

La claridad empezaba. Surgida del silencio se queda un rato quieta y toca las cosas imperceptiblemente. Quieta.

Era el mejor momento para hundir el pie desnudo y enjuto en la tierra esponjosa para tantear en la penumbra la primera lechuga húmeda, no vista sino recordada del día anterior, de tantos días anteriores en que ya sabía cuándo estaría en sazón; para, con el filoso cuchillo. Y seguir así, disfrutando en el silencio de aquello que no era trabajo sino adivinación y conocimiento. Luego, sigilosa, la claridad iba asomándose, hasta que despertaban los pájaros. «Canta un gallo. Campanas y tambores en la orilla. Un grito y otro. Cien pájaros de pronto.»

Seguía trajinando de rodillas entre los surcos, acendrando dentro de sí las palabras: no había por qué detenerse.

Mientras, sentía en la cara, en la espalda, en los flancos tranquilos, cómo comenzaba la respiración profunda de las huertas que cercaban su parcela. Siempre oscuras y secretas, cerradas sobre sí mismas, las huertas enormes empezaban a moverse. Cuando la luz era ya demasiado viva, bastaba con levantar un poco la cabeza y los ojos descansaban en la mancha oscura que proyectaban los árboles.

Ya no era hora de cultivar, era hora de vender. Entra a la choza de bambú y paja, fresca siempre bajo el gran mango que ha dejado en medio de su sembradío, desayuna alguna cosa y se prepara. No se da cuenta, quizá porque nunca, nadie, se lo hizo notar, de que se viste igual que en su país, de que el enorme sombrero cónico que tejió con sus propias manos no es el que usan los hombres del pueblo, a excepción, claro, del resto de los de su raza que viven allí. Carga, cuidando el equilibrio, las dos cestas, tan grandes; arregla los mecates, las acomoda en los extremos del largo palo que coloca sobre sus hombros y levanta el peso como si no lo sintiera. Por el borde del canal que atraviesa la huerta, y luego derecho por la avenida polvosa que hay entre los frutales, va trotando uniformemente. Pasa por enfrente de la casa-hacienda y saluda a los que andan por los jardines, por los patios, sin alterar el ritmo de sus saltitos de pájaro.

Desde que está cerca de las primeras casas, sin levantar demasiado la voz, comienza a anunciarse.

—Valula, valula.

Sabe que se dice «verdura», pero no lo puede pronunciar. Hay tantas cosas que quisiera decir, que ha intentado decir, pero renunció a ello porque suenan ridículas, él las oye ridículas en su tartajeo de niño que todavía no sabe hablar. Sólo don Hernán... Pero con los otros no insiste, comprende que si uno no se explica los otros piensan que es inútil responderle, hablarle, porque sienten que no entiende, que su imposibilidad de expresión correcta es indicio seguro de imposibilidad de comprensión verdadera. No tenía rencor ni se azoraba, lo sabía desde que era un niño: «Si no conocemos el valor de las palabras de los hombres, no los conocemos a ellos». Y él es un hombre, aunque esté viejo, aunque por la torpeza inexplicable de su paladar, de su lengua, se resigna a los tratos más simples y los demás no lo ven como realmente es. Lo quieren, sí, le piden y le hacen favores, pero no hablan con él como entre ellos, aunque algunos sean tan tontos.

—¡Manuel! ¿Traes calabacitas?

—¡Manuel!

¿Desde cuándo se llama así? ¿Cuántos años tiene en este pueblo? ¿Cuántos años hace que nació? Allá, en el fondo, está su verdadero nombre, pero no se lo ha dicho a nadie. Ni siquiera en secreto, al oído, hace muchos años, a Lu.

Termina pronto de vender y vuelve a trabajar.

Al fondo está el cuadro de las adormideras. Hermoso de ver como ninguno. Piensa en el inglés, en De Quincey, cuyas palabras ha copiado, que nunca las vio en su esplendor aéreo, llenando el aire con su frágil encanto. Es febrero, en marzo tendrá que trabajar su cosecha personal de opio, pero tampoco es trabajo: le produce placer, un intenso placer. Mientras las cultiva, las mira y escucha los susurros de corolas apretadas. Corta un capullo.

—No me avergüenza, a mis años, ponerme una flor en
[el pelo.
La avergonzada es la flor coronando la cabeza de un
[viejo.

En marzo cosechó las amapolas dobles, triples, que la gente compraba con avidez. Pero guardó la reserva, y comenzó a destilar el espeso jugo del corazón de las flores.

Todos los años hacía eso, y lo guardaba secretamente para las noches de luna, algunas de soledad, o cuando iba a conversar, pausadamente, con los suyos.

En mayo, cuando el sol deslumbra, hace sudar, pero todavía no agobia ni adormece, llegaron ellos.

Sus tres hijos y un extraño en el camión fuerte y moderno de Ruperto:

—Estos jóvenes vienen a reclamar su herencia, su derecho sobre sus tierras...

No escuchó más. No quiso escuchar más.

Miró a sus hijos altos, fieros, extraños.

Él sabía que las tierras eran de don Hernán, quien se las había dado para que las cultivara, para que en el pueblo hubiera verduras, flores, y que don Hernán no iba a dejarse quitar ni un terrón de esas tierras. Pero no se trataba de eso.

Esperó a la noche. Comenzó a fumar su larga pipa, lentamente. No había prisa. Cuando juzgó que estaba cerca del paraíso, prendió fuego a su choza de bambú, se tendió en su cama y siguió fumando.

2 DE LA TARDE

A Inés Segovia

E SPERABA EL CAMIÓN EN LA ESQUINA DE SIEMPRE. Mirando los edificios mugrientos, la gente desesperada que se golpea y se insulta, el acoso de los autos, se vio solo y el hambre que sentía se transformó en rabia. Pensó en lo que tardaría aún en llegar a su casa, por culpa de todos aquellos idiotas que se atravesaban por todas partes y no dejaban lugar en el camión que él necesitaba tomar. Tuvo, como siempre, el deseo preciso de volverse y romperle la cara al que fuera pasando: era un día igual a todos, las 2 de la tarde de un día cualquiera.

Hacía un buen rato que estaba allí parado, sintiendo arder el pavimento a través de las suelas gastadas de sus zapatos, cuando llegó la muchacha. La revisó como a todas las mujeres, del tobillo al cuello, con procaz aburrimiento. No era su tipo.

El calor, el vaho sofocante de los millones de cuerpos apretujados, el cemento requemado... si al menos pudiera quitarse el saco; se abanicó con el periódico doblado. Maldito camión que no llegaba nunca. No, ni fijándose mucho; bonita podría ser, pero alta, y le faltaba gordura donde las mujeres deben de tenerla; a él le gustaba que por delante y por detrás se vieran bien pesadas, que se sintiera que casi se les caían y que no quedaba otro remedio que meter la mano para ayudarlas, pobrecitas. Casi se rio. Volteó buscando un ejemplo de lo que pensaba, casi deseaba, pero en ese momento no había en la parada más mujer que la muchacha; sí, a lo lejos estaban dos vendedoras de tacos, gordas, envejecidas y con carnes colgantes que retemblaban a los más pequeños movimientos. Le hubiera gustado enseñárselas a la muchacha y hacerle ver que eran más deseables que ella, pero, la muchacha miraba tranquila a la gente sin prestarle atención a él, y no estaba impaciente ni siquiera acalorada. Silvio se apoyó en el arbotante y la observó de una manera ostensible, con el mayor descaro y la sonrisa más burlona que pudo componer, pero ella pareció no sentir los ojos expertos caminar sobre su cuerpo. Eso lo enfureció.

El camión se acercaba. Por lo menos quince personas pretendían abordarlo. El cochino del chofer lo paró a media calle, justo en medio de la doble fila de coches, bien lejos de donde estaban los que esperaban, pero ellos, como locos, se metían entre los autos y corrían a treparse. Sólo que pudieran ir pegados por las patas como las moscas. Estaban poseídos de esa furia que Silvio conocía tan bien y lo molestaba tanto porque la sabía inútil; se empujaban como si no pudieran darse cuenta de que el camión venía repleto. Pero bueno, si se trataba de empujar, a darle, a meterse entre los bocinazos y las maldiciones, porque sí, para nada, porque eso hacen los demás. Ahora todos apelmazados frente a la puerta cerrada, golpeándola inútilmente con las manos, insultando al chofer a gritos, a sabiendas de que no abriría. La muchacha había quedado muy cerca de él; se arrimó a ella con disimulo y le pasó la mano a lo largo del muslo. Un muslo curvo, duro, una carne extraña: un contacto que no le decía nada de la otra persona ni de sí mismo. Ella lo miró a la cara y él le sonrió con una sonrisa podrida.

—Completo –dijo con una máscara de inocencia que a él mismo le pareció asquerosa.

Se encendió la luz verde y los carros gruñeron amenazantes. Había que dejar en paz el camión, y volvieron a sus lugares en la banqueta con una fidelidad cansada.

Entonces se dio cuenta de que ella lo observaba y mentalmente fue repasando su aspecto: traje azul marino, la camisa blanca un poco sucia, la corbata de flores, los zapatos negros con tacones gastados, y los calcetines a rayas rojas, azules, verdes, amarillas. Sintió vergüenza como si estuviera desnudo. Se había visto con aquellos ojos ajenos, serenos, diferentes. Enrojeció y se volvió de espaldas a ella.

Estuvo un rato mirando pasar los coches, embebido en su rencor. Era un hombre pobre, seguramente no le habría parecido bien por eso, pero era mucho mejor que los señoritingos que iban al Departamento a sacar la licencia de manejar, tan alicusados, tan cucos, maricas todos, y que con toda seguridad le gustarían a esa tonta que no era siquiera una mujer deseable. No debía de ser rica, pero todas las muchachas que no parecen gatas, y las que lo parecen también, quieren pescar un millonario, ir al Departamento a sacar una licencia que no sabe uno cómo les dan, pues no se ha visto nunca ni una sola que sepa estacionarse, y luego andan muy orondas atropellando cristianos. Hubo un momento en que sintió que le ardían los ojos y se le contraía el estómago, y no supo si era de cansancio y de hambre o de rabia. Tendría que demostrarle de algún modo que no le importaba lo que ella pensara. Si él llegaba a ser jefe del Departamento, aunque no fuera militar (las cosas tienen que cambiar alguna vez) prohibiría de plano que manejaran las mujeres, ¡cómo se iban a poner!, irían a chillar como ratas frente a la puerta de su despacho, y él nada más voltearía y las miraría un momento por encima del hombro, a través del vidrio, como el chofer del camión, y se volvería muy tranquilo a seguir firmando acuerdos, oficios, permisos, multas, pero a ésta cuando llegara le daría muy amable una oportunidad única, y personalmente la sometería a la prueba: reversa, fíjese en esa señal, estaciónese, ¿cómo?, cinco metros son más que suficientes, ¿no mira usted bien?, a la derecha... Cuánto se iba a divertir. Se pondría humildita, bajaría los ojos... igual que si... hay muchas a las que les da vergüenza gritar ¡pelado!, porque todo el camión se da cuenta y nomás se ponen coloradas y se encogen porque en las apreturas es imposible cambiar de lugar. Pero ésta era capaz de mirarlo de frente, como hace un rato. En cambio siendo jefe y portándose tan serio como él se portaría, no tendría otro remedio que bajar la cabeza; por supuesto que no le daría licencia, la despediría correcto y seco, sin una sonrisa.

Y mirando como si fuera un hombre mucho más alto, se volvió triunfante a ver a la muchacha. No estaba en su sitio. Era indignante, no podía ser que se hubiera ido precisamente ahora que él necesitaba encontrar la satisfacción que ella o alguien le debía. Qué alivio cuando descubrió que no se había ido. Estaba un poco atrás, en el parquecillo pisoteado y sucio. Se había parado debajo de un arbolito recién plantado, un tabachín que apenas cubría su cabeza con dos ramas raquíticas que casi le rozaban la frente. Hubiera debido de ser un cuadro ridículo, tal vez lo era, pero Silvio se quedó quieto, mirándolo: la muchacha estaba erguida, imperceptiblemente echado el tronco hacia adelante, resistiendo un viento fresco y dulce que nadie más sentía; entrecerraba los ojos al respirar con delicia un aire evidentemente marino, se la sentía consciente y feliz de que su pelo flotara al viento, de que la ropa se pegara a su cuerpo. Ardía en una llama sensual y pura en mitad del tiempo detenido, de un espacio increíble y hermoso.

Silvio lo sintió y miró casi sin verlos el dedo manchado de tinta de ella y los calcetines rayados de él. No tenía sentido, pero por un instante todo cabía en un paisaje marino, en un aire y un tiempo perfectos.

Cuando el camión llegó, se acercó a la muchacha, debía de tener dieciocho años, y cuidadosamente la ayudó a subir. Ella lo miró sin sorpresa y le sonrió desde aquel mismo lugar asoleado y claro, sin recuerdos ni ironías, que él había descubierto.

Y cuando ella se bajó y la vio perderse por las calles vulgares, no deseó volver a encontrarla ni amarla. Se contentó simplemente con aquella hora diferente, aquellas 2 de la tarde conquistadas.

ORFANDAD

A Mario Camelo Arredondo

CREÍ QUE TODO ERA ESTE SUEÑO: SOBRE UNA CAMA dura, cubierta por una blanquísima sábana, estaba yo, pequeña, una niña con los brazos cortados arriba de los codos y las piernas cercenadas por encima de las rodillas, vestida con un pequeño batoncillo que descubría los cuatro muñones.

La pieza donde estaba era a ojos vistas un consultorio pobre, con vitrinas anticuadas. Yo sabía que estábamos a la orilla de una carretera de Estados Unidos por donde todo el mundo, tarde o temprano, tenía que pasar. Y digo estábamos porque junto a la cama, de perfil, había un médico joven, alegre, perfectamente rasurado y limpio. Esperaba.

Entraron los parientes de mi madre: altos, hermosos, que llenaron el cuarto de sol y de bullicio. El médico les explicó:

—Sí, es ella. Sus padres tuvieron un accidente no lejos de aquí y ambos murieron, pero a ella pude salvarla. Por eso puse el anuncio, para que se detuvieran ustedes.

Una mujer muy blanca, que me recordaba vivamente a mi madre, me acarició las mejillas.

—¡Qué bonita es!

—¡Mira qué ojos!

—¡Y este pelo rubio y rizado!

Mi corazón palpitó con alegría. Había llegado el momento de los parecidos, y en medio de aquella fiesta de alabanzas no hubo ni una sola mención a mis mutilaciones. Había llegado la hora de la aceptación: yo era parte de ellos.

Pero por alguna razón misteriosa, en medio de sus risas y su parloteo, fueron saliendo alegremente y no volvieron la cabeza.

Luego vinieron los parientes de mi padre. Cerré los ojos. El doctor repitió lo que dijo a los primeros parientes.

—¿Para qué salvó *eso*?

—Es francamente inhumano.

—No, un fenómeno siempre tiene algo de sorprendente y hasta cierto punto chistoso.

Alguien fuerte, bajo de estatura, me asió por los sobacos y me zarandeó.

—Verá usted que se puede hacer algo más con ella.

Y me colocó sobre una especie de riel suspendido entre dos soportes.

—Uno, dos, uno, dos.

Iba adelantando por turno los troncos de mis piernas en aquel apoyo de equilibrista, sosteniéndome por el cuello del camisoncillo como a una muñeca grotesca. Yo apretaba los ojos.

Todos rieron.

—¡Claro que se puede hacer algo más con ella!

—¡Resulta divertido!

Y entre carcajadas soeces salieron sin que yo los hubiera mirado.

Cuando abrí los ojos, desperté.

Un silencio de muerte reinaba en la habitación oscura y fría. No había ni médico ni consultorio ni carretera. Estaba aquí. ¿Por qué soñé en Estados Unidos? Estoy en el cuarto interior de un edificio. Nadie pasaba ni pasaría nunca. Quizá nadie pasó antes tampoco.

Los cuatro muñones y yo, tendidos en una cama sucia de excremento.

Mi rostro horrible, totalmente distinto al del sueño: las facciones son informes. Lo sé. No puedo tener una cara porque nunca ninguno me reconoció ni lo hará jamás.

Apunte gótico

Para Juan Vicente Melo

CUANDO ABRÍ LOS OJOS VI QUE TENÍA LOS SUYOS fijos en mí. Mansos. Continuó igual, sin moverlos, sin que cambiaran de expresión, a pesar de que me había despertado.

Su cuerpo desnudo, medio cubierto por la sábana, se veía inmenso sobre la cama. La vela permanecía encendida encima de la mesita de noche del lado donde él estaba, y su luz hacía difusos los cabellos de la cabeza vuelta hacia mí, pero a pesar de la sombra sus ojos resplandecían en la cara. La claridad amarillenta acariciaba el vello de la cóncava axila y la suave piel del costado izquierdo; también hacía salir ominosamente el bulto de los pies envueltos en la tela blanca, como si fueran los de un cadáver.

La tormenta había pasado. Él hubiera podido apagar la vela y enviarme a dormir en mi cama, pero no lo hacía. No se movió. Siguió con el tronco levemente vuelto hacia la derecha y el brazo y la mano extendidos hacia mí, con el dorso vuelto y la palma de la mano abierta, sin tocarme: mirándome, reteniéndome.

Mi madre dormía en alguna de las abismales habitaciones de aquella casa, o no, más bien había muerto. Pero muerta o no, él tenía una mujer, otra, eso era lo cierto. Era la causa de que mi madre hubiera enloquecido. Yo nunca la he visto.

Vi la blanca carne del brazo tendido hacia mí, tersa, sin un pelo, dulce y palpitando con el vaivén de la flama. Los dedos ligeramente curvos sobre la mano ofrecida apenas: abierta. Hubiera querido poner un pedacito de mi lengua sobre la piel tibia, en el antebrazo.

Tenía los ojos fijos en mí, tan serenos que parecía que no me veía. Llegué a pensar que estaba dormido, pero no, estaba todo él fijo en algo mío. Ese algo que me impedía moverme, hablar, respirar. Algo dulce y espeso, en el centro, que hacía extraño mi cuerpo y singularmente conocido el suyo. Mi cuerpo hipnotizado y atraído.

Ese algo que podía ser la muerte. No, es mentira, no está muerto: me mira, simplemente. Me mira y no me toca: no es muerte lo que estamos compartiendo. Es otra cosa que nos une.

Pero sí lo es. Las ratas la huelen, las ratas la rodean. Y de la sombra ha salido una gran rata erizada que se interpone entre la vela y su cuerpo, entre la vela y mi mirada. Con sus pelos hirsutos y su gran boca llena de grandes dientes, prieta, mugrosa, costrosa, Adelina, la hija de la fregona, se trepa con gestos astutos y ojos rojos fijos en los míos. Tiene siete años pero acaba de salir del caño, es una rata que va tras de su presa.

Con sus uñas sucias se aferra al flanco blanco, sus rodillas raspadas se hincan en la ingle, metiéndose bajo la sábana. Manotea, abre la bocaza, su garganta gotea sonidos que no conozco. Se arrastra por su vientre y llega al hombro izquierdo. Me hace una mueca. Luego pasa su cabezota por detrás de la de él y se queda ahí, la mitad del cuerpo sobre un hombro, la cabeza y la otra mitad sobre el otro, muy cerca del mío. Con las patas al aire me enseña los dientes, sus ojillos chispean. Ha llegado. Ha triunfado.

Ahora sí creo que mi padre está muerto. Pero no, en este preciso instante, dulcemente, sonríe: complacido. O me lo ha hecho creer la oscilación de la vela.

Río subterráneo

Para Huberto Batis

H E VIVIDO MUCHOS AÑOS SOLA, EN ESTA INMENSA casa, una vida cruel y exquisita. Es eso lo que quiero contar: la crueldad y la exquisitez de una vida de provincia. Voy a hablar de lo otro, de lo que generalmente se calla, de lo que se piensa y lo que se siente cuando no se piensa. Quiero decir todo lo que se ha ido acumulando en un alma provinciana que lo pule, lo acaricia y perfecciona sin que lo sospechen los demás. Tú podrás pensar que soy muy ignorante para tratar de explicar esta historia que ya sabes pero que, estoy segura, sabes mal. Tú no tomas en cuenta el río y sus avenidas, el sonar de las campanas, ni los gritos. No has estado tratando, siempre, de saber qué significan, juntas en el mundo, las cosas inexplicables, las cosas terribles, las cosas dulces. No has tenido que renunciar a lo que se llama una vida normal para seguir el camino de lo que no comprendes, para serle fiel. No luchaste de día y de noche, para aclararte unas palabras: tener destino. Yo tengo destino, pero no es el mío. Tengo que vivir la vida conforme a los destinos de los demás. Soy la guardiana de lo prohibido, de lo que no se explica, de lo que da vergüenza, y tengo que quedarme aquí para guardarlo, para que no salga, pero también para que exista. Para que exista y el equilibrio se haga. Para que no salga a dañar a los demás.

Esto me lo enseñó Sofía, a quien se lo había enseñado Sergio, quien a su vez se lo planteó al ver enloquecer a su hermano Pablo, tu padre.

Siento que me tocó vivir más allá de la ruptura, del límite, en ese lado donde todo lo que hago parece, pero no es, un atentado contra la naturaleza. Si dejara de hacerlo cometería un crimen. Siempre he tenido la tentación de huir. Sofía no, Sofía incluso parecía orgullosa, puesto que fue capaz de construir para la locura. Yo solamente hago que sobreviva.

Para que no tengas que venir a verlo trataré de explicarte lo que Sofía hizo con esta casa que antes fue igual a las otras. Es fácil reconocerla porque está aislada, no tiene continuidad con el resto: por un lado la flanquea el gran baldío en el que Sergio no edificó, y por el otro las ruinas, negras, de la casa de tu padre. Fuera de eso se ve una fachada como tantas otras: un zaguán con tres ventanas enrejadas a la derecha y tres a la izquierda. Pero dentro está la diferencia.

Es una casa como hay muchas, de tres corredores que forman una U, pero en el centro, en lugar de patio, ésta tiene una espléndida escalinata, de peldaños tan largos como es largo el portal central con sus cinco arcos de medio punto. Baja lentamente, escalón por escalón, hace una explanada y luego sigue bajando hasta lo que en otro tiempo fue la margen del río cuando venía crecido. No te puedes figurar lo hermosa que es.

A la altura de la explanada fueron socavadas cuatro habitaciones; dos de cada lado de la escalinata, así que quedaron debajo de los corredores laterales y parece que siempre estuvieron allí, que soportan la parte de arriba de la casa. Quizá sea verdad. Estas cuatro habitaciones están ricamente artesonadas: Sofía pensó que ya que no podía tener comodidades tu padre, ni siquiera muebles, debía disfrutar de algún lujo extraordinario. Son cuatro habitaciones, pero en realidad se ha usado únicamente una, la primera a la izquierda, según se baja al río. No he dejado de pensar en la razón que movió a Sofía para hacer que construyeran cuatro, una para cada uno de nosotros, o si simplemente las necesidades de proporción de la escalinata y la explanada en que están colocadas necesitaron de ese número.

En una de ellas estuvo tu padre cuando a Sergio y a Sofía les pareció que debían construir aquí un lugar para él, un lugar únicamente suyo en el mundo. Ninguno de ellos salió de aquí para traerlo, pero luego cuidaron de él sin escatimar ningún dolor. Escucharon atentamente sus gritos inhumanos, se centraron en ellos.

Que escapara del cuarto artesonado no fue culpa de nadie. Posiblemente pienses que alguien dejó la puerta abierta o la llave al alcance de su mano, pero si hubieras visto alguna vez la llegada del río crecido, oído cómo su ruido terrestre como un sismo llena el aire antes de que puedas ver la primera y terrible ola que arrastra ya casas, ganado, muertos, sabrías que él tuvo que salir de ese cuarto como el río de su cauce, y destruir y destruirse para que la vida otra, ajena y la misma, tu vida quizá, pueda volver a empezar.

Si entendieras esto sabrías que el que incendiara una casa, la que le habían heredado, no fue una casualidad, ni que el que él muriera entre sus llamas lo es. Tú, por ejemplo, puedes encargar a alguien que venda ese baldío, pero pensar que aquí hay una casa a tu nombre, te haría venir. Por esto no será para ti esta otra que habitamos ahora, eso lo arreglé yo. Pero sí te pertenece el terreno de Sergio porque no tienes que verlo.

No quiero relatarte la muerte de tu padre, tampoco la de Sergio, sólo sugiero que aprendas a verlas de otra manera, y para ello te estoy contando esto otro, la vida que tuvimos.

Se podía sentir, a la luz del quinqué, bajo la piel pálida de las comisuras móviles, en la quietud férrea de las manos sobre el regazo, un opaco zumbido de lucha que llenaba el silencio de la sala, de la casa, de la noche. Ellos eran mis hermanos, pero yo aún no entendía. Eran más bien hermanos, muy hermanos entre sí. No tenían ningún parecido físico, aparte del cuerpo delgado y la piel que parecía transparente en los párpados. Sin embargo, ellos sacaban el acuerdo de la diferencia aparente: el ritmo al que se movían; las manos; los profundos ojos extáticos, encharcados, les daban una semejanza muy grande, por encima de los rasgos y colores. También su edad y su educación eran diferentes, pero nadie lo hubiera creído.

Ese voluntario parecido fue una defensa que levantaron. Pero ya te dije que no te hablaré de esa lucha más de lo estrictamente necesario. En realidad todo comenzó antes de que yo pudiera entenderlo y te lo transmitiré de acuerdo con mis recuerdos, no con el tiempo ni los razonamientos.

La noche del saqueo para nosotros transcurrió de un modo diferente que para los demás: nos quedamos ante la ventana de par en par, mirando hacia afuera, y nuestro zaguán fue el único que nadie golpeó porque Sergio, en cuanto oyó los gritos que venían por el camino de la Bebelama, fue, caminando despacio, y lo abrió, encendió las luces por toda la casa, revisó su corbata ante el espejo del corredor, y se colocó, con la espalda negligentemente pegada al marco de la ventana, a esperar; Sofía fue a sentarse en el poyo y no cruzaron palabra.

Yo les vi entrar a la plaza: a pie, a caballo, gritando y disparando, rompiendo las puertas, riendo a carcajadas, sin motivo, y tuve miedo; me acerqué a Sofía, le tomé una mano y ella me sonrió y me sentó a su lado; luego se volvió para seguir mirando.

A empellones sacaron al señor cura por las arcadas de la sacristía. Me dio dolor ver su cara pálida y desencajada pasar de la luz a la sombra, de una risotada a un golpe, a una palabrota, tropezando con las macetas, haciendo chillar a los canarios. Si la ves ahora, de mañana, esa misma sacristía con arcos, no te lo podrás imaginar. Sólo frente a las llamas se ve el lugar tan grande que ocupa la sombra de un hombre.

—Éstos sólo quieren el dinero. Pero a él le gusta hacerse el mártir. Detesto a los mártires –dijo Sergio–. Yo sentí su desprecio hacia aquella cara pálida, conocida, que habíamos visto todos los días, desde que nacimos, y que sufría. Me estremecí violentamente, Sofía apretó mis dedos con firmeza y me puso la otra mano en el hombro.

Cuando entraron en nuestra casa, yo temí que advirtieran la curiosidad casi irónica en los ojos de Sergio, y hubo uno que se le plantó enfrente y estuvo a punto de decir algo. Si Sergio hubiera sonreído o cambiado, no sé, pero él siguió igual, mirando al otro con sus ojos con un punto dorado en el centro, y el otro se fue y acuchilló un sofá. Todavía está aquí, desteñido y con la borra de fuera, y es muy sedante mirarlo, no sé por qué, quizá porque no grita y está igual desde hace treinta años.

Ahora me imagino que debimos de parecer un retrato de familia, los tres en el marco de la ventana, pero en ese momento fue la primera vez que sentí que estábamos, yo también, aparte, y que no podían tocarnos.

Del otro lado de la plazuela, Rosalía chillaba y un hombre la perseguía. Más que los balazos, se oían los chillidos de las mujeres, muy agudos.

De nuestra casa se fueron pronto en realidad, porque nada estaba bajo llave. Eso Sergio lo debió hacer días antes y sin que lo notáramos, o quizá mientras encendía todas las luces, como si diéramos una gran fiesta. Salieron pronto, sin hablarnos, y lo que se llevaron lo fueron dejando abandonado por las cantinas y las calles, pero nosotros nunca hicimos nada por recuperarlo, se entendía que ya no era nuestro.

—Creí que sería otra cosa –dijo Sergio, cuando comenzó a hacerse el silencio y una luz plomiza en el cielo me dio náusea. Al pasar, acarició el quinqué–. Qué bueno que nadie vio lo hermosa que es su luz rosada –dijo.

Cerró la puerta y nos fuimos a dormir.

En las noches siguientes, mientras pasaban las rondas y se oían los «quién vive», algún disparo y los perros, Sergio le explicaba a Sofía las diferentes fiestas de los diferentes dioses. «El desorden sagrado», recuerdo que dijo, y cosas así. Podría citarte más frases, pero las frases no importan.

Es extraño que lo que le dolía de aquella noche no era ni lo del señor cura, ni lo de Rosalía, ni lo de los colgados, era que la alegría de aquellos hombres era falsa, que se equivocaban, que en lugar de aquellas carcajadas huecas hubieran debido gritar, dar de alaridos, y matar, y robar, con verdad, con dolor, «porque era lo más parecido a una fiesta». Y era verdad que estaba triste por aquellos hombres.

No aprendimos de revoluciones por aquella revolución, sino de cultos, de ritos y de dioses antiguos. Fue así como él nos enseñó tantas cosas: para entender otras, pero no las semejantes, sino las que podían explicarlas.

Él podía decirte, por ejemplo, que tu madre lo era por haberte parido, pero que una verdadera madre es la que te *escoge* después, no por ser un niño, sino por ser como eres; por eso encontraba natural que una reina odiara o despreciara a su hijo desde chico. Por ahí leímos la historia de Francia, lo recuerdo bien.

En realidad Sofía y yo estudiábamos de lo que se iba ofreciendo −como tema o como ejemplo− y él hablaba de ello con nosotras por la noche, sin plan, sin ton ni son. No era un profesor, ni le gustaba escucharse, buscaba titubeando, rehacía argumentaciones; ya te lo dije: rastreaba, a veces delante de nosotras, en voz alta. Pero las noches en que estaba callado y sombrío, ¿qué buscaba? A la luz del quinqué oí hablar de ti, de Pablo, tu padre, que se fue siendo tan joven que yo apenas podía recordarlo. Tú eras un bebé y tu padre estaba ya en un sanatorio. No te conoció. No te acerques ahora a él. Recuerda que no es más que un muerto.

También oía hablar de la escalinata. La llama no parpadeaba, se mantenía quieta, y su claridad tenue ponía tonos cálidos en la piel pálida de mis hermanos. Sofía cosía o bordaba, mientras Sergio sostenía un libro en las manos; a veces leía un poco. Los oí hablar en voz baja de ustedes, de la locura, como si todos fueran recuerdos. Sofía recibía las cartas por la mañana, pero acostumbraba esperar hasta la noche para contarnos suavemente, como si fuera una vieja historia, que Pablo tenía trastornos muy extraños o que se había hecho necesario internarlo en un manicomio.

—Pablo siempre fue alegre, ruidoso, le gustaba cantar y levantar en vilo a nuestra madre para darle vueltas y que diera gritos mientras él reía. Alegre y fuerte, muy fuerte. O quizá lo veíamos así porque era mucho mayor. Pero ahora dicen que se ha tornado violento, que hay momentos en que destruye todo lo que encuentra, y que quiere matar. La fuerza y la alegría juntas, más una exasperación que corrompa y desvirtúe la alegría, pueden transformarse en violencia, ¿o es la cólera sola la que se apodera y enceguece toda la vitalidad de un hombre? ¿De dónde viene esa cólera y por dónde se filtra, desde qué lugar acecha? Cae sobre él como un rayo, lo posee como un demonio y él no es más que él mismo, y hay que encerrarlo en lugar seguro, en un manicomio, donde hay gente que conoce ese deseo de destrucción y que no le teme.

Así contaba las noticias. Sergio callaba y ella seguía hablando, lo interrogaba dulcemente hasta que él principiaba a hablar de la locura, de la escalinata, o de las cosas o las personas, siempre en un tono amable y como si ellos estuvieran aparte y lejos.

Después, cuando crecí un poco más y Sofía me instruyó, supe que ella empleaba todo el día para buscar el modo, las palabras para decir las cosas, tomando siempre en cuenta, en primer lugar y antes que nada, la angustia de Sergio.

—Hay que contenerse. Ser consciente, perfectamente lúcidos, dar a los hechos, los sentimientos y los pensamientos la forma adecuada, no dejarse arrastrar por ellos, como se hace comúnmente. Sergio me hablaba de eso en sus cartas, desde Europa, antes de regresar, y entonces era nada más la necesidad de ajustarlo todo a proporciones humanas, porque la desmesura es siempre más poderosa que el hombre; era una disciplina personal, casi un juego, pero cuando me habló de su angustia, de que se le metía en el pecho y no lo dejaba pensar, ni respirar, porque lo iba invadiendo, poseyendo desde esa herida primera que es igual a un cuchillo helado en un costado del pecho, comprendí que a eso debía aplicarse todo lo que sobre la importancia de la forma me había enseñado, y así entre los dos buscamos las palabras tibias que calientan la herida, y nos prohibimos cualquier expresión desacompasada, porque el primer grito dejaría en libertad a la fiera.

Aunque en aquella época yo todavía iba a la escuela y visitaba a mis primas, me di cuenta desde el primer momento de que no debía emplear el lenguaje de mis hermanos, ni aludir jamás a las conversaciones que había en casa. «¿Por qué no van nunca a las fiestas?», me preguntaban los parientes. «No se deben dejar abatir por la desgracia de Pablo», agregaban. Yo no podía decirles que ellos no se dejaban abatir, sino que al contrario, estaban alerta, y no podían desperdiciar ni un instante su atención porque debían estar en guardia precisamente contra esa desgracia.

«¡No! ¿Por qué Sergio? El médico puede decir lo que quiera, porque es un triste médico de pueblo. Todo quiere simplificarlo, cree que lo que Sergio tiene es melancolía, ignora lo que es la angustia.

»Sergio decía: "Quiero encontrar una cosa tersa, armónica, por donde se deslice mi alma. No estos picos, estas heridas inútiles, este caer y levantar; más alto, más bajo, chueco, casi inmóvil y vertiginoso. ¿Te das cuenta? Siento que me caigo, que me tiran, por dentro, ¿entiendes?, me tiran de mí mismo y cuando voy cayendo no puedo respirar y grito, y no sé y siento que me acuchillan, con un cuchillo verdadero, aquí. Lo llevo clavado, y caigo y quedo inmóvil, sigo cayendo, inmóvil, cayendo, a ningún lugar, a nada. Lo peor es que no sé por qué sufro, por quién, qué hice para tener este gran remordimiento, que no es de algo que yo haya podido hacer, sino de otra cosa, y a veces me parece que lo voy a alcanzar, alcanzar a saber, a comprender por qué sufro de esta manera atroz, y cuando me empino y voy a alcanzar, y el pecho se me distiende, otra vez el golpe, la herida y vuelvo a caer, a caer. Esto se llama la angustia, estoy seguro."

»¿Qué tiene que ver esto con la melancolía? Yo puedo entenderlo, sentir en mí la angustia de mi hermano cuando habla de la caída y sus dedos se enfrían de golpe y se quedan pegados a los míos con un sudor de agonía idéntico al sudor de mi madre aquella tarde en que le enjugué la frente y ya no lo sintió. Si la angustia y el remordimiento gratuito son la locura, todo es demasiado fácil y resulta monstruosamente injusto que Sergio sufra tanto por nada. La locura sería entonces no más que un desajuste, una tontería, una pequeña desviación de camino, apenas perceptible, porque no conduce a ninguna parte; algo así como una rápida mirada de soslayo. No puede ser. ¿Por qué Sergio?

»Le hace falta apoyo. Algo real, material, a lo que pueda agarrarse.»

Así inventó Sofía la escalinata, o más bien, hizo que Sergio la inventara. Los obligó a imaginarla, y después a calcular, a medir peldaño por peldaño la proporción, el terreno, el declive, el peso de la casa, que debía quedar allá arriba, firme, como si ella y la escalinata fueran la misma cosa y pudieran vivirse al mismo tiempo.

Ellos lograron en parte su propósito. Es verdad que cuando entras a la casa y atraviesas por primera vez el pasillo y el portal, te detienes al borde de la escalinata como al borde de un abismo, con el pequeño terror de haber podido dar un paso más, en falso. Pero al ahogar ese pequeño grito que nunca se ha escuchado y que sólo parece el ruido del corte brusco de la respiración, todos los visitantes han tratado de expresar asombro y no miedo. ¿Por qué miedo? Asombrarse en cambio es natural, pues no esperaban encontrar *eso* ahí, es decir, el patio que se ha hecho escalinata sin que nadie sepa por qué, y principalmente –todos han dicho lo mismo– porque la belleza y la armonía siempre asombran, cortan el aliento. Belleza y armonía sacó Sofía de la angustia de Sergio, para que él supiera que las tenía, que estaban en él a pesar de la angustia, pero tal vez también para verlas ella misma y dar a todos una prueba palpable, material, de que el cerebro de su hermano funcionaba mejor que el de todo el pueblo junto, pues es cierto que entre todos no hubieran podido crear esa bellísima, suave pendiente blanca, que baja hasta la antigua margen del río con más elegancia que la de una colina. No, Sofía no pensaba en el pueblo, no quería demostrar nada al pueblo, pues cuando le preguntaron sobre la escalinata, ¿para qué?, se limitó a alzarse de hombros e ignoró la pregunta. Sin embargo, jamás desechó la oportunidad de que cualquiera fuera a ver la escalinata, y espió siempre con satisfacción el momento en que la respiración se cortaba.

«Sin levantar los párpados puedo mirarlo, contemplar su cuerpo delgado recortado contra los arcos. Sin dejar de bordar lo miro hacer como que ve a los obreros que trabajan. Se queda con los ojos fijos y sé que tiene las manos heladas. Son las cinco de la tarde, ha terminado la hora de la siesta, pero él no ha dormido, hace mucho que no sabe lo que es dormir; se tira en la cama y mira el techo con los ojos muy abiertos y vacíos. Son las cinco de la tarde y estamos en junio, el sol todavía está alto y cae sobre él con su luz que anula, con su calor que destroza, pero Sergio no se da cuenta, está allí, parado, haciendo como que mira a los obreros, impecablemente vestido de lana gris y con una corbata plastrón. Cuánto esfuerzo. Quizá en eso consista: en llevar el esfuerzo hasta un límite absurdo, buscando con firmeza lo que está al otro lado del límite. Tenía que levantarse de la cama, salir del cuarto e inspeccionar los trabajos, tenía que hacerlo y no lo olvidó cuando estaba con los ojos fijos en el techo. ¿Cómo pudo recordarlo? ¿Cómo arrancarse de ese punto fijo? Ni yo misma sé lo que cada día le cuesta eso, pero lo hace, y más, mucho más: se baña, se viste, se peina, se perfuma como si la cita con ese pequeño deber fuera con el deber personificado. Y ahora se está ahí, aplastado por el sol sin saberlo, es decir, intacto, mirando sin mirar. Pero esta noche, cuando yo se lo pida, se lo suplique, se lo exija, sabrá cuánto se ha avanzado, por dónde, y si el trabajo va bien. Mañana en la mañana lo obligaré de nuevo a bajar hasta el río para que vuelva a calcular el problema del suelo arenoso. Es cruel, cruel para mí verlo entrecerrar los ojos como si lo estuviera pinchando, verlo apretar la boca, o mantener la frente lisa a punta de voluntad, para demostrarme que no sufre. Sí, mantiene tersa la frente para tranquilizarme.

»Sergio, si te es tan fácil calcular, si con inclinarte y palpar la tierra la reconoces, si al mirar el río, de pronto, aunque apenas, sonríes, ¿por qué no lo haces siempre, todos los días?

»No, entiende, no quiero que aceptes las cosas como son, porque ahí están, quiero que estés tú entre ellas, para eso, para nombrarlas, para sonreírles, Sergio: ¡Mírame!… Perdona, ya sé que me reconoces, pero me da miedo, un miedo mortal pensar que un día no me prestes atención, como a los árboles, como a los albañiles… y sin embargo, por la noche, si te atormento, sabes exactamente lo que hicieron y si estaba bien o mal. Es otra clase de atención, me dijiste. ¿Con qué miras?… Sergio: ¡mírame!»

Sofía hizo bien en no permitir que a Sergio lo vieran los médicos. De tu padre sé poco, no lo vi antes, ni cuando comenzó. Quizá él sí era un loco de médicos, pero ellos sabían tan poco de su mal que le permitieron venir y contagiar a los hermanos que no se parecían a él, que eran hermanos entre sí. Sergio enloqueció como él cuando lo vio, cuando quiso entenderlo. No es que tuviera piedad, lástima tonta, solamente quería entender. Pero es seguramente ése el camino justo que la locura misma ha trazado para sus verdaderos elegidos. Es necesario oír los gritos, los alaridos, sin pestañear, como hacía Sergio sin cansancio durante el día y la noche. Habría que haber pensado en otra cosa. En cambio Sergio se quedaba fijo en el alarido bestial que recorría el silencio, que se extendía por la superficie de la noche. Sí, eso sí lo sé: no la penetraba; la locura de tu padre gritaba para sí misma, no le gritaba a nada.

Si no lo hubieran hecho traer... Por lo menos Sergio no habría aprendido ese grito. El que lo perdió. El grito, el aullido, el alarido que está oculto en todos, en todo, sin que lo sepamos.

Riego con movimientos lentos las plantas todas las tardes para no inquietarlo, para que no se despierte Sofía, que ahora ocupa el cuarto artesonado que fuera de Pablo y Sergio. Ella lo lanza y lo escucha, yo continúo regando mis plantas. Comprendo que tiene que lanzarlo, pero yo no debo tratar de entenderlo. No debo por ti, para que nunca tengas que venir, para que no te veas obligado a esta vigilancia que termina cuando no hay por quién resistir. No vengas nunca.

Aun cuando te digan que yo dejé de guardar, de estar atenta sin entregarme, aun entonces, no vengas. No quieras comprender. Sólo a ti te diré que quizá me he sostenido porque sospecho, con temblor y miedo, que lo que somos dentro del orden del mundo es explicable, pero lo que nos toca a nosotros vivir no es justo, no es humano y yo no quiero, como quisieron mis hermanos, entender lo que está fuera de nuestro pequeño orden. No quiero, pero la naturaleza me acecha.

Porque en realidad, explicar: ¿qué explica un loco? ¿Qué significa? Ruge, arrasa como el río, ahoga en sus aguas sin conciencia, arrastra las bestias mugientes en un sacrificio ancestral, alucinado, buscando en su correr la anulación, el descanso en un mar calmo que sea insensible a su llegada de furia y destrucción. ¿Qué mar?

Recoge su furia en las altas montañas, se llena de ira en las tormentas, en las nieves que nunca ve, que no son él, lo engendran viento y aguas, nace en barrancos y no tiene memoria de su nacimiento.

La paz de un estuario, de un majestuoso transcurrir hacia la profundidad estática. No balbucir más, no gritar, cantar por un momento antes de entrar en la inmensidad, en el eterno canto, en el ritmo acompasado y eterno. Ir perdiendo por las orillas el furor del origen, calmarse junto a los álamos callados, al lamer la tierra firme, y dejarla, apenas habiéndola tocado, para lograr el canto último, el susurro imponente del último momento, cuando el sol sea un igual, el enemigo apaciguado del agua inmensa que se rige a sí misma.

Desconfiado, ceñudo consigo mismo, enemigo de todo, se entrega al fin, en paz y pequeño, reducido a su propia dimensión, a la muerte. Apenas aprendió a morir matando, sin razón, para alcanzar conciencia de sí mismo, en instantes apenas anteriores al desprenderse de su origen, de la historia que no recuerda, apaciblemente poderoso antes de entregarse, tranquilo y enorme, ensanchado, imponente ante el mar que no lo espera, que indiferente murmura y lo engulle sin piedad.

Aguas, simples aguas, turbias y limpias, resacas rencorosas y remansos traslúcidos, sol y viento, piedras mansas en el fondo, semejantes a rebaños, destrucción, crímenes, pozos quietos, riberas fértiles, flores, pájaros y tormentas, fuerza, furia y contemplación.

No salgas de tu ciudad. No vengas al país de los ríos. Nunca vuelvas a pensar en nosotros, ni en la locura. Y jamás se te ocurra dirigirnos un poco de amor.

Año nuevo

A la Vita

Estaba sola. Al pasar, en una estación del metro de París vi que daban las doce de la noche. Era muy desgraciada; por otras cosas. Las lágrimas comenzaron a correr, silenciosas.

Me miraba. Era un negro. Íbamos los dos colgados, frente a frente. Me miraba con ternura, queriéndome consolar. Extraños, sin palabras. La mirada es lo más profundo que hay. Sostuvo sus ojos fijos en los míos hasta que las lágrimas se secaron. En la siguiente estación, bajó.

EN LA SOMBRA

Para Juan García Ponce

CADA VEZ, UN POCO ANTES DE QUE EL RELOJ DIERA los cuartos, el silencio se profundizaba, todo se ponía tenso y en el ámbito vibrante caían al fin las campanadas. Mientras sonaban había unos segundos de aflojamiento: el tiempo era algo vivo junto a mí, despiadado pero existente, casi una compañía.

En la calle se oían pasos... ahora llegaría... mi carne temblorosa se replegaba en un impulso irracional, avergonzada de sí misma. Desaparecer. El impulso suicida que no podía controlar. Hasta el fondo, en la capa oscura donde no hay pensamientos, en el claustro cenagoso donde la defensa criminal es posible, yo prefería la muerte a la ignominia. La muerte que recibía y que prefería a otra vida en que pudiera respirar sin que eso fuera una culpa, pero que estaría vacía. Los pasos seguían en el mismo lugar... no era más que la lluvia... No, no quería morir, lo que deseaba con todas mis fuerzas era ser, vivir en una mirada ajena, reconocerme.

Los brazos extendidos, las manos inmóviles, y toda mi fealdad presente. La fealdad de la desdeñada.

Ella era hermosa. Él estaba a su lado porque ella era hermosa, y toda su hermosura residía en que él estaba a su lado. Alguna vez también yo había tenido una gran belleza.

Un ruido, un roce, algo que se movía lejos, tal vez en casa de ella, en donde yo estaba ahora sin haberla pisado nunca, condenada a presenciar los ritos y el sueño de los dos. Necesitaba que su dicha fuera inigualable, para justificar el sórdido tormento mío.

El roce volvía, más cerca, bajo mi ventana, mi corazón sobresaltado se quedaba quieto. Otra vez la muerte. Y no era más que un papel arrastrado por el viento.

Los que duermen y los que velan están en el seno de una noche distinta para cada uno que ignora a todos. Ni una palabra, ni una sonrisa, nada humano para soportar el encarnizamiento de la propia destrucción. ¿Qué significa injusticia cuando se habita en la locura? *Enfermizo, anormal...* palabras que no quieren decir nada.

El recuerdo hinca en mí sus dientes venenosos; he sido feliz y desgraciada y hoy todo tiene el mismo significado, sólo sirve para que sienta más atrozmente mi tortura. No es el presente el que está en juego, no, toda mi vida arde ahora en una pira inútil, quemado el recuerdo en esta realidad sin redención, ardido va el futuro hueco. Y la imaginación los cobija a ellos, risueños y en la plenitud de un amor que ya para siempre me es ajeno.

Sin embargo, me rebelo porque sé quién es ella. Ella es... quien sea; el dolor no está allí, no importa quién sea ella y si merezca o no este holocausto en que yo soy la víctima; mi dolor esta en él, en el oficiante.

La soledad no es nada, un estéril o fértil estar consigo mismo, lo monstruoso es este habitar en otro y ser lanzado hacia la nada.

Ya no llueve; mi cama, suspendida en el vacío, me aísla del mundo.

Caen una, muchas veces las campanadas. Ya no quisiera más que un poco de reposo, un sueño corto que rompa la continuidad inacabable de este tiempo que ha terminado por detenerse.

Amanecía cuando llegó. Entró y se quedó como sorprendido de verme levantada.

—Hola.

Fue todo lo que se le ocurrió decir. Lo vi fresco, radiante. Me di cuenta de que en cambio yo estaba ajada, completamente vencida en aquella lucha sin contrincante que había sostenido en medio de la noche. Casi quería disculparme cuando dije:

—Tenía miedo de que te hubiera sucedido algo.

—Pues ya ves que estoy divinamente.

Era verdad. Y lo dijo con inocencia. Yo hubiera preferido que el tono de su voz fuera desafiante o desvergonzado; eso iría conmigo, sería un reconocimiento, un ataque, en fin, me daría un lugar y una posición; pero no, él me veía y no me miraba, ni siquiera podía distraerse para darse cuenta de que yo sufría. Estaba ensimismado, mirando en su fondo un punto encantado que lo centraba, le daba sentido al menor de sus gestos y a cuyo rededor giraba armonioso el mundo, un mundo en el que yo no existía.

El amor daba un peso particular a su cuerpo; sus movimientos se redondeaban y caían, perfectos. Esa extraña armonía de la plenitud se manifestaba por igual cuando caminaba y cuando se quedaba quieto. Lo estaba mirando ir y venir por la estancia recogiendo los papeles que necesitaría y metiéndolos en el portafolio. No se apresuró y sin embargo hizo las cosas de una manera justa y rápida. Levantó un brazo y se estiró para recoger algo del tercer estante, entonces vi con claridad que lo que sucedía era que para hacer el movimiento más insignificante ponía en juego todo el cuerpo, por eso alcanzaba más volumen y su ademán parecía más fácil. Pensé en los labriegos que aran y siembran con ese mismo ritmo que los comunica con todo y los hace dueños de la tierra.

—Me tengo que ir rápido porque me espera Vázquez a las nueve. ¿Habrá agua caliente para bañarme?

Cruzó frente a la puerta de la niña sin abrirla. Entró en el baño. Un momento después se asomó con el torso desnudo y me preguntó:

—¿Cómo ha estado?

—Bien.

—Bueno.

Cerró la puerta del baño y un instante después lo oí silbar.

Me daba vergüenza mirarlo. Sus manos, su boca: como si estuviera sorprendiendo las caricias. Pero él hablaba y comía alegremente.

Yo hubiera podido mencionarla y desencadenar así algo, pero no me atrevía a hacerme esa traición. Quería que sin presiones de mi parte él se diera cuenta de mi presencia.

Mientras me siguiera viendo como a un objeto era inútil pretender siquiera una discusión, porque mis palabras, fueran las que fueran, cambiarían de significado al llegar a sus oídos o no tendrían ninguno.

—Estás muy callada.

—No he dormido bien.

—Yo no dormí nada, como viste, y sin embargo me siento más animado que nunca.

Su voz onduló en una especie de sollozo henchido de júbilo, como si se le hubiera apretado la garganta al decir aquello. Sentí más que nunca mi cara cenicienta. Tuvo que aspirar aire hasta distender por completo los pulmones y las aletas de su nariz vibraron; estaba emocionado, satisfecho de sus palabras. Dentro de un momento iría a contarle a ella esta pequeña escena. Parecía liberado. La niña, la rutina, yo, todo eso se borró; volvió a quedarse quieto y lleno de luz, mirando hacia adentro el centro imantado de su felicidad. Pasó sobre mí los ojos para que pudiera ver su mirada radiante. Y fue precisamente en esa mirada donde vi que todo aquello era mentira. A él le hubiera gustado que se tratara de una felicidad verdadera y la actuaba con fidelidad; pero seguramente, si no estuviera yo adelante siguiendo con aguda atención todos sus gestos, no hubiera sido la mitad de dichoso. Había algo demoniaco en aquella inocencia aparente que fingía ignorar mi existencia y mi dolor. Pero le gustaba eso sin duda, y sentí, como si la viviera, la complicidad que había entre aquella mujer y él: la crueldad deliberada. Inteligentes inconscientes, pecadores sin pecado, a eso jugaban, como si fuera posible. No pasaban ni por la duda ni por el remordimiento, y por ello creían que el cielo y el infierno eran la misma cosa.

¿De qué me servía saber todo eso?

Se levantó y fue al teléfono, marcó. Semisilbaba nervioso o impaciente.

—Bueno... Sí... No... Ahora salgo para la oficina... Muy bien, hasta luego.

Silbó un poco más fuerte.

—No vendré a comer. Vázquez quiere que sigamos tratando el asunto después de la junta.

No contesté. Sabía que ya no tenía que fingir que creía ninguna disculpa. Todo estaba claro.

Bajé tambaleándome las escaleras; los ojos sin ver, el dolor y el zumbido en la cabeza.

Cuando llegué al dintel de la calle me enfrenté de golpe a la luz y a mi náusea. Parada en un islote que naufragaba, veía pasar a la gente, apresurada, que iba a algo, a alguna parte; pasos que resonaban sobre el pavimento, mentes despejadas, quizá sonrisas flotantes...

Ahora, a esta hora precisa él estará... para qué pensarlo.

Tengo que ir a la farmacia a comprar medicinas... Existe sin embargo una injusticia... yo podría ser esa mujer, esa aventurera, o ese amor. ¿Por qué él no lo sabe? Toda mi vida deseé... Pero él no lo ha comprendido... Y después de la conquista, ¿será ella también alguna sin significado, como yo? El sueño de realizarse, de mirarse mirado, de imponer la propia realidad, esa realidad que sin embargo se escapa; todos somos como ciegos persiguiendo un sueño, una intención de ser... ¿Qué piensa sobre sus relaciones con los demás, con esa misma mujer con la que ahora yace, intentando una vez más la expresión austera, perfecta? Es posible que ahora, en este minuto mismo la haya encontrado... ¿Entonces?... Ay, no haber sido ésa, la necesaria, la insustituible... Un gusano inmolado, no he sido otra cosa; sin secreto ni fuerza, una niña como él me dijo el primer día, jugando al amor, ambicionando la carne, la prostitución, como en este momento; no yo la única, sino una como todas, menos que nadie.

Serían las cuatro de la tarde. El parque tenía un aspecto insólito. Las nubes completamente plateadas en el cielo profundamente azul, y el aire del invierno. No era un día nublado, pero el sol estaba oculto tras unas nubes que resplandecían, y la luz tamizada que salía de ellas ponía en las hojas de los plátanos un destello inclemente y helado. Había un extraño contraste entre el azul profundo y tranquilo del cielo y esta pequeña área bañada de una luz lunar que caía al sesgo sobre el parque dándole dos caras: una normal y la otra falsa, una especie de sombra deslumbrante. Me senté en una banca y miré cómo las ramas, al ser movidas por las ráfagas, presentaban intermitentemente un lado y luego otro de sus hojas a la inquietante luz que las hacía ver como brillantes joyas fantasmales. Parecía que todos estuviéramos fuera del tiempo, bajo el influjo de un maleficio del que nadie, sin embargo, aparentaba percatarse. Los niños y las niñeras seguían ahí, como de costumbre, pero moviéndose sin ruido, sin gritos, y como suspendidos en una actitud o acción que seguiría eternamente.

Sentí que me miraban y con disimulo volví la cabeza hacia donde me pareció que venía el llamado. Los tres pares de ojos bajaron los párpados, pero supe que eran ellos los que me habían estado mirando y continuaban haciéndolo a través de sus párpados entornados: tres pepenadores singulares, una rara mezcla de abandono y refinamiento; esto se hacía más patente en el segundo, segundo en cuanto a la edad, no a la posición que ocupaba en el grupo, porque el grupo se hallaba colocado en diferentes planos en el prado frontero a mi banca.

El segundo estaba indolentemente recargado en un árbol fumando con voluptuosidad explícita y evidentemente proyectada hacia mí como un actor experimentado ante un gran público; en su mano sucia de largas uñas sostenía el cigarrillo con una delicadeza sibarítica, y se lo llevaba a los labios a intervalos medidos, cuidadosos; sus pantalones anchos, cafés, caían sobre los zapatos maltrechos y raspados, y en la pierna que flexionaba hacia atrás apoyándola en el árbol, dejaba ver una canilla rugosa y cenicienta sin calcetines; la camisa que debió ser blanca en otro tiempo se desbordaba en los puños desabrochados dándole amplitud y gracia a las mangas, y un chaleco de magnífico corte, aunque gastado, ponía en evidencia un torso largo, aristocrático; pero todo esto no hacía más que dar marco y valor a la cabeza huesuda y magra, de piel amarillenta, reseca, en la que cuadraban perfectamente la perilla rala de mandarín y los ojos oblicuos y huidizos, sombreados por largas pestañas. Nunca me miró abiertamente.

El mendigo más viejo estaba a unos pasos de él, sentado en cuclillas, escarbando en un saco mugriento, con sus manos grasosas; era gordo y llevaba una cotorina de colores chillantes; sacaba mendrugos e inmundicias del bulto informe y se los llevaba ávidamente a la boca con el cuidado glotón de un jefe de horda bárbara; en algún momento me pareció que tendía hacia mí sus dedos pegajosos con un bocado especial, y me hacía un guiño, como invitándome.

El tercer pepenador, el más joven, estaba perezosamente tirado de costado sobre el pasto, más alejado del sitio en que yo me encontraba que los otros dos; con un codo apoyado contra el suelo, sostenía su cabeza en la palma de la mano, mientras con la otra levantaba sin pudor su camiseta a rayas y se rascaba las axilas igual que un mico satisfecho; cuando creyó que ya lo había mirado bastante, levantó hacia mí los ojos y, abriendo bruscamente las piernas, pasó su mano sobre la bragueta del pantalón en un gesto entre amenazante y prometedor, mientras sonreía con sus dientes blancos y perfectos, de una manera desvergonzada.

Desvíe la mirada y me estremecí. Me pareció oír un gorgoreo, como una risa burlona y segura que provenía del más joven de los vagabundos. No pude levantarme, seguí ahí, con los ojos bajos, sintiendo sobre mí la condenación de aquellas miradas, de aquellos pensamientos que me tocaban y me contaminaban. No podía, no debía huir; la tentación de la impureza se me revelaba en su forma más baja, y yo la merecía. Ahora no era una víctima, formaba un cuadro completo con los tres pepenadores; era, en todo caso, una presa, lo que se devora y se desprecia, se come con glotonería y se escupe después. Entre ellos y yo, en ese momento eterno, existía la comprensión contaminada y carnal que yo anhelaba. Estaba en el infierno.

Impura y con un dolor nuevo, pude levantarme al fin cuando el sol hizo posible otra vez el movimiento, el tiempo, y ante la mirada despiadada y sabia de los pepenadores caminé lentamente, segura de que esta experiencia del mal, este acomodarme a él como a algo propio y necesario, había cambiado algo en mí, en mi proyección y mi actitud hacia él, pero que era inútil, porque entre otras cosas, él nunca lo sabría.

DE LOS ESPEJOS

(1988)

WANDA

A Maruca

LO MÁS MOLESTO ERA EL SUDOR EN LA NUCA.
Mitad del verano que se extiende pesado e impávido,
como si nunca fuera a terminarse.

Dentro del coche sólo se oía, de vez en cuando, la voz de
Anita llamando su atención:

—Mira, Raúl, ni una nube.

Como si aquel cielo despejado y perplejo necesitara comentario alguno. Pero Anita era demasiado pequeña para
callar las cosas obvias.

El padre y la madre, en el asiento delantero, se sumían
en un silencio denso.

Por fin llegaron a Las Flores.

Al bajar del coche se sintió ya la suave brisa del mar,
fresca en la mañana agobiante.

La madre corrió a ver la rotonda que formaba el rosedal,
y Raúl se fue a su cueva.

Sin puerta, apenas protegido por un pequeño tejado, estaba su cubil, una construcción tal como él la había querido: igual a una ermita, sin más que un camastro de camarote empotrado a media altura, entre pared y pared, un librero, y el radio tocadiscos de alta potencia que luego bajaría del coche y que, lejos de la casona, podría poner al volumen que le diera la gana, pues le gustaba jugar con los pianos *fortissimos* haciendo contrapuntos y competencias con el susurro o el bramido del mar.

Se desnudó, se puso el calzón de baño, y se fue al mar. La mochila quedó abierta y destripada en el suelo.

Corriendo, enceguecido por el sol, entorpecido por la arena, atravesó el jardín, sin mirarlo, y llegó a la playa. Tiró las alpargatas entre una zancada y otra, y se zambulló en el agua. Al fin estuvo jugando a solas con el mar hasta que lo llamaron sus padres y Anita. Ella quiso que la ayudara a perfeccionar su brazada.

Él lo hacía todo de buena gana, dentro y fuera del mar, bajo un sol que quemaba. Hablar con sus padres. Reír y correr con Anita.

Demasiado pronto, a su parecer, fueron llamados a comer. La casa daba una sensación inmediata de paz. Era hermosa. Sus padres nunca se explicaron aquel capricho suyo del cubil.

Comieron mucho, mientras se hacían planes para una excursión al club, para esquiar, o ir al pueblo, al cine, cuando hubiera una película visible.

Volvieron a la playa por la tarde, y ahí se quedaron hasta ver anochecer. A la hora de cenar todos estaban cansados. El padre ordenó que sirvieran vino, para reconfortarse y dormir como piedras. Anita se quedó dormida en un sillón, y Raúl la llevó en brazos a su cuarto y le puso la piyama. Una gran ternura le llenó el pecho cuando la vio abandonada sobre la cama, sumida en el sueño, serena e indefensa: una niña. Luego intentaron, él y su padre, jugar un partido de ajedrez. Ninguno sabía qué pieza mover. Decidieron dejarlo para el día siguiente.

Desde el camastro del cubil el jardín podía verse dormido y pacífico bajo la luna. Al frente estaba el rosedal y los caminos de guijarros entre los arriates brillaban con pequeñas chispas. En la hornacina no entraba ni una ráfaga de viento y el calor del día se había quedado pegado a las paredes.

Entonces apareció. No llegó. Nada más estuvo allí. Desnuda, tendida con su cuerpo núbil junto al cuerpo sudoroso de Raúl. Lo primero que él sintió fue la sorpresa de aquel cuerpo fresco en medio del calor. Frescura de mar bajo un sol esplendente que lo hace sentir como un delfín que jugara entre la mar y el aire con una inmensa alegría; luego, gozoso, se hunde, y navega por las aguas verdes. Va cada vez más al fondo, respira con deleite el agua salada que abrasa a los mortales. Mira los peces inmóviles y siente el silencio absoluto de lo profundo. Todo es lento, apenas se mueve. La corriente, casi quieta, lo sostiene, y no hay que hacer ningún movimiento para deslizarse y mirar los paisajes maravillosos de flores y faunas desconocidas y calmas. Sin ruido, en el oído, aguas profundas circulan dentro del caracol, como espesos moluscos adheridos que estuvieran ahí desde edades antiguas comunicándote secretos que no escucharás porque no hay palabras para confiarlos ni nadie que los entienda. Vibrar en el silencio que desconoce lo que no es silencio, sentir el latido de las sienes, la sangre caliente en el helado camino sin término del agua que te desconoce pero que te lame pacientemente mientras te deslizas sin esfuerzo, sin hacer nada, solamente siendo.

Era tarde. Hacía un sol abrasador. El cubil era un horno. Pesadamente se levantó y en calzoncillos y con las alpargatas a medio meter, el traje de baño colgando de una mano, se dirigió a la casa. La casa estaba fresca, entraban la brisa y el murmullo del mar por todos los ventanales abiertos, el piso de mosaico claro relucía. Su padre, su madre y Anita estaban bañados, impecablemente vestidos, peinados y contentos; parecían representar una comedia.

—¿Sabes qué horas son?

—No.

—El agua estaba rica temprano. No sabes qué gusto… qué gusto…

—Dile a Marta que te prepare algo de desayunar… Tienes una facha…

Ducharse, desayunar, sentir las plantas de los pies sobre los limpios mosaicos le fue quitando el cansancio del cuerpo, el sueño y, ya contento, se fue con Anita a la playa. Se sentía completamente cambiado, aunque no sabía por qué estaba como sin alma.

Ella chutaba y él paraba, sobre la raya que era la portería, los posibles goles de Anita. La raya era motivo de interminables discusiones: que si la atravesó el balón, que la borraste al barrerte, que así no juego, que eres un tramposo…

y él se reía, se reía mucho dentro de sí al ver la cara de Anita arrebolada por la furia y la impotencia. A veces la dejaba meter algún gol, sólo para verla contenta.

Ana... Si fuera un poco mayor la podría llamar así. Le hubiera gustado: Ana, y rodaba la palabra en la boca. Ana. Ana.

Se tiró en la arena para saborear el placer de la palabra. Si fuera mayor... si fuera mayor, ¿qué? De un salto se paró y cumplió su misión de portero hasta que la niña dijo que ya estaba cansada.

No, no se aburría de jugar con Anita a esto y aquello, en realidad nunca le había sucedido, pero tampoco lo había pensado: que no se aburría. Ahora persistía en aparecer de pronto, con una gran fuerza el deseo de que ella fuera mayor, que fuera Ana. Ana. Y se quedaba embobado pensando en cómo sería, en cómo será Anita dentro de unos años.

¿Cómo vivir un verano con Ana?

Y el verano de Ana iba pasando sin sentirlo.

La marejada nocturna. El grito asfixiado. El beso: Wanda. En cuanto está junto a ella va respirando el agua inmóvil como se respira el mezclado aroma de los jardines inmensos, de los jardines que no existen en la tierra.

Los dedos se deslizaban con sus delicadas puntas sobre su pecho. El largo pelo mojado se fue enredando por sus orejas y su nariz, por sus ingles, sus piernas, y una boca hambrienta, con calor de rosa se apoderó de la suya.

La mujer murmura como el mar, sube y baja, hace serpentear las olas sobre la playa, una onda destruye a la otra; le acaricia con su mano larga y sedosa. Luego cayó en un abandono sin peso, pero una fuerza muy poderosa emanaba de aquella distensión completa. La superficie olorosa a algas se le untó como si quisiera adherirlo a ella. Él la penetra, y cuando ella grita su nombre, el placer llena el mundo. La espina dorsal de él está a punto de romperse hasta que los cuerpos se estremecen de pies a cabeza y se distienden en un espasmo.

Wanda cantó luego bellísimas canciones en un idioma que se sentía tan antiguo como el mar, y en ellas, ¿cómo?, le dijo que seguiría viniendo y cantando para él todas las noches.

Luego, de entre sus dedos esbeltos, como antes apareció aquel instrumento entre arpa, erizo que no era erizo y caracol, hizo volar por el aire, iridiscente, grande como una manzana perfecta en su redondez, una perla, riendo volvió a tomarla y la depositó sobre el librero, Luego, ya no estuvo más ahí.

Casi todos los días eran invitados grupos de vecinos para salir en la lancha a pescar o a esquiar, bien provistos de cervezas y antojos para comer, se daban a la mar con gran alborozo. Los mayores, los amigos de su padre, eran los más entusiastas. También los muchachos y las chicas de su edad organizaban excursiones con frecuencia. Raúl esquiaba muy bien y le gustaba hacerlo, reía y bromeaba con los demás, pero no ponía la menor atención a la pesca; a veces se abstraía largos ratos, olvidados sus compañeros, mirando la estela que la lancha dejaba en el mar. No pensaba en nada.

—¡Uy! Ya porque ganó el primer premio nacional de poesía juvenil tiene que posar de «bardo» –se burlaba, por ejemplo, Andrés, dándole una palmada en la espalda. Ambos reían y en realidad a nadie le importaban sus ausencias. Siempre había sido un poco diferente, muy tímido y con ideas un tanto locas. Bueno, así era y así lo querían.

Un día, aparentemente hablando de esto y aquello como tomando valor, Anita se lo dijo:

—Me gustaría salir a pescar.

—Ven un día con nosotros.

—No, no, hay mucho ruido. Salí ya con ustedes y me harté. Sólo nosotros tres: papá pesca, y tú y yo miramos; lástima que mamá nunca quiere ir.

No hubo obstáculos. En realidad Anita estaba muy sola. Fueron a pescar los tres. Tuvieron suerte: papá pescó un pargo muy grande. Durante la lucha, el pargo emergía y volvía a salir del agua moviéndose en todas direcciones.

—¡Mira cómo brilla! ¡Mira cómo pelea! ¡Qué belleza!

Anita estaba muy excitada.

Cuando el hermoso animal estuvo sobre la tarima de la lancha, ella se pasó a su lado y, asustada, observaba sus contracciones y coletazos. Luego el pescado se fue quedando quieto y Anita se acercó a la cabeza. El pescado abría y cerraba la boca desesperadamente, sus agallas sanguinolentas, se abrían y cerraban cada vez con menor rapidez y fuerza; se iba quedando quieto, quieto, hasta que sus ojos desmesuradamente abiertos se fueron llenando de un agua espesa. Al fin quedó inmóvil. Ella, pálida, se volvió de espaldas y comenzó a vomitar.

El verano se va lentamente, Anita y sus padres ya nadan poco, caminan por la playa cuando el sol está alto, y al atardecer, contra el viento, que se ha vuelto tan delgado que penetra la ropa y la deja perfumada, pasean despacio sobre la arena húmeda. Ya no se grita, se toma té lentamente y todos se tratan con una delicadeza tierna que parece venir de muy lejos, de otros tiempos con otras costumbres, de personas que no se sabe quiénes fueron.

Raúl camina por la playa. Vaga sin mirar. Va sin pensamientos. Las rosas verdaderas ahora han florecido en el rosedal, y se dan espléndidas. Las otras eran un capricho de la madre, que quería tener rosas en verano. Cuando ya es de noche, de noche maravillosa, a la puerta del cubil, Raúl mira las rosas, las estrellas, rasguea la guitarra y medio canta cancioncitas tristes sobre gente que va por caminos, viviendo. Porque él está anclado. Cuando sea hora entrará al nicho y Wanda estará junto a él, en cuanto se desnude.

—Quiero quedarme a terminar un libro de poemas, papá. Ya sabes que no hay clases. En cuanto empiecen, me voy.

—Pero cuándo se ha visto que un chamaco se quede solo en una playa desierta. Y pasarías mucho frío, lo sabes. Este otoño vino helado.

—No me quedo solo. Aquí vive Rodolfo todo el tiempo, y el pueblo está tan cerca que se puede ir a pie. Además, hay teléfono ahí.

Discutieron. Intervinieron todos. No era conveniente: era un chico apenas. Pero no había inconveniente: era tan inocente lo que pedía. Se trataba de dos semanas. Anita lloró: no quería. La madre estaba preocupada, pero al fin dieron el consentimiento con la advertencia de que, si sucedía algo irregular, Rodolfo estaba obligado a llamarlos y avisarles lo que pasara. Rodolfo seguiría cuidando del cubil, de la casa, y se encargaría de sus ropas, su comida, de todo. En fin, que quedaba bajo el cuidado de Rodolfo. Aceptó.

Pero vino el Viento Sur. La atmósfera es un nítido cristal que se va rompiendo. Las tardes parecen muy cortas, iluminadas por un sol que no calienta, hermosas, melancólicas y vacías. No hay en qué apoyarse, no hay nada que hacer más que mirar, aterido, desde la playa, el alboroto de las gaviotas.

Wanda, Wanda, y esperarte cada noche, con tus seres extraños que me muestras y me traes del fondo del mar. Wanda y los abismos del ahogo y del placer inconmensurables.

Rodolfo, sorpresivamente, le habla, confuso, de las sábanas manchadas, de que llega el momento en que un hombre no hace eso –*eso*, ¿qué?, piensa él–, de que hay, a cierta edad, que saber las cosas como son, de que irán al pueblo. Él lo va a llevar.

Raúl come muy poco y todo el tiempo está como dormido, mirándose las manos, contemplando las rosas que se marchitan, destrozadas por el viento que corre sin cesar. Sin guitarra, sentado junto al nicho, con frío. Al fin ha comprendido lo que Rodolfo quiso decir, pero no piensa en ello.

Caminaban contra el Viento Sur, sumidos hasta las orejas en los cuellos gruesos de las chamarras. Se tenía la sensación de no avanzar. Con la lámpara de pilas en la mano Rodolfo iba iluminando el camino. No hablaban, iban amurallados, cada uno, por el ulular del viento. El frío se sentía menos al caminar, pero se sentía, y muy fuerte, a pesar de la ropa pesada y densa.

Tristes luces de pueblo triste barrido por el viento. Nadie en las primeras calles. Poca gente entre el cine y la cantina. Las tiendas cerradas. Un mundo quieto y silencioso tras las ventanas iluminadas o ciegas.

Rodolfo se detuvo frente a una casa pintada de blanco, del otro lado del pueblo, casi en las afueras. Las luces estaban encendidas y la puerta se abrió de inmediato. Rodolfo dijo dos frases en voz baja, lo hizo pasar y se fue, cerrando la puerta.

Era muy joven y no le dijo nada. Le sonrió. Una sonrisa franca, como de bienvenida. Tenía el pecho opulento y la cintura fina. No llevaba pintados más que los labios. Su casa estaba caldeada y lo primero fue quitarse la gruesa chamarra.

Ella sencillamente lo condujo a otra habitación. Fue guiando sus manos torpes y heladas, al principio. Lo ayudó a desabotonar, a ir haciendo las ropas a un lado mientras ponía sobre la suya una boca caliente y grasosa que se extendía y enjutaba con intención de absorber, de sorber. El cuerpo se contonea, los dientes salen de la boca, comienzan a mordisquear, la lengua a abrir brecha. Las salivas se mezclan. Cuando estuvo desnuda se tendió sobre la cama y lo jaló hacia ella. Un pequeño vértigo lo hizo tambalearse.

Luchar sin rival sobre una piel pegajosa, con un sudor que huele a alguien. Las palpitaciones se sienten y se escucha el resollar de manadas que arremeten ciegamente. Aplastarse sobre la carne dócil que se va deformando siguiendo el movimiento; que cae, fatigada, por los flancos estremecidos. Sol fijo de un extraño verano que se desborda en las manos llenas de grasa. Y el calor que viene de dentro hacia afuera y termina en un erizarse de la piel indefensa. Respirar, respirar, hace falta respirar.

Dedos duros que estrujan su cuerpo, sin motivo errantes siempre en el limitado espacio que es él mismo. Manos que conducen sus inexpertas manos por espacios también limitados y que se estremecen. Hay un jadeo continuo, común, que confunde bocas y respiraciones. Un esfuerzo compartido, instintivamente, por llegar a algún sitio, por ir, fatigosamente, hacia el fin de la lucha, del calor, del sudor, del estar juntos. La espera de un final, el desenlace de unos momentos vividos al mismo tiempo, compartidos de una extraña manera, porque la soledad está ahí, presente. Viene de adentro, de un conocimiento inocente, muy viejo, el recorrido del camino, sus pausas y su reanudación, con el sol en el centro, metido en el plexo, inundándolo todo. Están luchando sobre la arena, en mitad del verano, y el mar retumba en sus sienes. Y el mar se encrespa y los cuerpos se encrespan, y es difícil, imposible respirar; sudan por todos los poros, se distorsionan, se contorsionan, llegan a la convulsión, y el tiempo estalla, al fin, en un segundo, y el mar y el sol desaparecen.

De regreso, callados. El Viento Sur arreció con la madrugada. Hace más frío. De pronto Rodolfo aminora el paso y le pregunta con su voz seca si le gustó. Él contesta que no. Y siguen caminando, empujados por el viento. Cuando llegan a Las Flores Rodolfo se separa sin darle las buenas noches. Raúl va a su cubil y se quita a tirones la ropa. Se tiende en la litera y cierra los ojos. Espera, como todas las noches. Espera. Wanda no llega.

Es necesario buscarla, encontrarla, no perderla, no perderla nunca. En el mar. A pesar del frío. Desnudo sale Raúl de su hornacina y se va a la playa a buscar a Wanda. Ya al meter los pies en el agua sus pulmones se contraen y cree que no va a poder hacerlo. Pero lo hace. Se tira al mar y lucha por alcanzar aire, pero parece que tiene los pulmones petrificados. Bracea desesperadamente, y al fin puede respirar. En cuanto alcanza un poco de resuello toma una gran bocanada de aire y se sumerge. Bucea hasta donde le dan sus fuerzas, el mar está negro como tinta china. Regresa a la superficie y vuelve a sumirse. Abajo las aguas siguen quietas, oscuras, impenetrables, y él es un hombre que nada entre ellas. Otra vez fuera, y de nuevo dentro, aterido ya. Otra vez y otra. Nada. El mar se cierra sobre su cuerpo, eso es todo. Se queda flotando un largo rato en la superficie, porque sus miembros están paralizados y sus pulmones funcionan apenas, como en estertores. El Viento Sur azota el mar en su cuerpo sin descanso. Piensa que es el fin. Pero no, tiene que seguir buscando a Wanda. Y con un supremo esfuerzo nada lentamente hasta donde las olas puedan arrojarlo a la playa.

Allí vuelve a tomar conciencia. No puede moverse. El dolor en los costados lo traspasa sin descanso. Es un dolor terrible. Comienza a toser. Apenas respira. De pronto el frío brota de sus entrañas. Ya no tirita sólo por fuera, tirita todo él, y todo da vueltas en su estómago, en su cabeza. Un inmenso malestar lo ahoga. Amanece. Un triste amanecer de vómito, de dolor, y aire que falta, a pesar de que el Viento Sur sigue soplando sobre su cuerpo inerte.

Oleadas de calor empiezan a azotarlo. Un calor que viene de dentro, que le calcina los pulmones. Puede moverse.

Arrastrándose primero, y a cuatro patas después, atraviesa la playa, se desvanece, cruza el jardín y llega por fin a la ermita. Trepa al camastro y se tumba en él. No sabe más. El sol está ya alto.

Rodolfo viene con el desayuno. Mira con horror a Raúl. Él le dice que es necesario pedir ayuda, que vaya al pueblo a hablar por teléfono con sus padres. Es necesario que vengan y se lo lleven inmediatamente. Que hagan que se le quite el terrible dolor de los costados, la fiebre: que lo hagan respirar. Quiere estar en su cama de siempre, cubierto con una sábana limpia y olorosa, la mano fresca de su madre sobre la frente, y escuchando la voz clara de Anita. Estar en su cuarto, protegido, sin oír al Viento Sur y al mar que rugen continuamente. Que le quiten el dolor y lo hagan respirar. Rodolfo se siente culpable, pues cree que la enfermedad es por la excursión de la noche anterior. Le pone compresas, lo cubre con sábanas mojadas, le prepara brebajes que él no puede tragar. Delira.

—¿Ya es de noche, Rodolfo?

Quien tiene que venir es Wanda, en su propio aire, en su propia agua. Ya falta poco. Ya viene. Es cosa de soportar un poco más. Solamente eso. Un poco. Un poco más.

La bola de fuego se viene encima, vertiginosamente. En medio del universo, sobre el negro, las estrellas son cuerpos opacos e indiferentes. La bola de fuego se ensaña contra su cuerpo y ambos luchan, sin lucidez, como cosas. Un grito rompe la lucha, y en el precario despertar se sigue oyendo al corazón que salta, desesperado. Los mundos de colores siguen girando y el lodo comienza a tragárselos. Lodo pegajoso que borra lo oscuro con su ola angustiosa, insaciable; que se acerca sin ritmo ni tregua.

¡Wanda! ¡Wanda!, y aprieta la mano sobre la perla que ella le dejara. Oye, lejanos, sus propios gritos. ¡Wanda!

Rodolfo está ahí. Lo siente. Entreabre los ojos y mira el sol de mediodía, allá afuera, muy lejos. Rodolfo habla. Es mediodía. La esperó inútilmente. Ya no vendrá.

—No, no más aspirinas... Agua... Más agua... En el agua purísima los peces nadan sin hacer ruido... Déjame dormir... Vete, Rodolfo... No puedo hablar... Déjame solo... Vendrá...

Rodolfo habla. Enciende la lamparilla. Se va... al fin... Aire, aire, necesito aire. Necesito... ¿Qué ha dicho Rodolfo?... Va a llamarlos... Se lo llevarán. Y Wanda está aquí. Solamente aquí.

Atravesado de costado a costado por el dolor, flaco, desnudo; los labios morados, hechos jirones por las grietas que se ahondan, distendidos hasta sangrar en la boca inmensamente abierta; lo ojos fuera de las cuencas violáceas, avanza bamboleante, desmembrado. Con el puño agarrotado sobre su talismán. Cree correr por la playa, luchando contra el viento. Busca. Busca y llama. ¡Aaaaa! ¡Aaaaaa! Los labios no pueden cerrarse, quisieran recobrar, en un esfuerzo cruel, el aliento exhalado. La nariz se distiende, inútilmente, al máximo, y el estertor de los pulmones lo domina. Cae de bruces. Repta sobre el abdomen contraído, hasta donde lo mojan las olas. Quiere seguir llamando. Clamando. La boca se le queda abierta, y los ojos, desorbitados, se inundan de un agua espesa.

LO QUE NO SE COMPRENDE

Homenaje a Katherine Mansfield

L AS MAÑANAS ERAN ABURRIDAS HASTA QUE LLEGABA la hora del desayuno. Además había que cuidar el vestido blanco de batista y el enhiesto moño azul en lo alto de la cabeza. Después iría a la «escuela» a hacer los palotes y laberintos que sólo ella entendía, con crayolas de colores; habría cantos, rondas, cuentos, juegos con las amiguitas. Pero antes no había otra cosa que hacer, que husmear por la casa, porque en cualquier momento podían llamarla y era necesario hacer lo que fuera.

Pero desde que tomaron la costumbre de sacarlo a airear en ese momento en que el sol no era fuerte, todo había cambiado. Lo ponían en el corredor de atrás, cerca del jardín, junto a la pajarera, y se iban a barrer y a sacudir. Así, Teresa se quedaba completamente sola frente a él y lo observaba detenidamente. Se sentaba a distancia en el suelo y lo contemplaba con ojos impasibles. No lo tocaba nunca, nada más lo miraba, permanecía largos ratos inmóvil, mirándolo. A veces la distraían los pájaros o hacía figuras con los dedos sobre el piso reluciente, pero volvía sin prisa a fijarse en él y seguía contemplándolo hasta el momento de ir a desayunar.

A veces, por las noches, cuando estaba ya acostada, pensaba en él, y le hubiera gustado hablar sobre eso con alguien, preguntar a su madre, pero no sabía cómo nombrarlo. Entonces suspiraba y lo olvidaba.

El resto del día no había nada o casi nada que se lo hiciera recordar. Sabía que estaba en el cuarto contiguo al de su madre y que una enfermera entraba y salía en ese cuarto con cosas que no le interesaban, y eso era todo.

Pero una mañana en que estaba sentada en el suelo, bastante lejos de él, su madre apareció y comenzó a gritar incomprensiblemente. Al principio se acercó furiosa como si fuera a pegarle, pero después rompió a sollozar y a decir: «no lo mires así, no lo mires así», al tiempo que se golpeaba la frente con los puños. Su padre llegó muy asustado y se llevó a la madre. Teresa permaneció en donde estaba, aterrada y ofendida, ¿qué había hecho? La Cuca vino sonriendo y se lo llevó a toda prisa. Pero ella ni lo tocaba... Oyó que mandaban por el médico, se levantó y se fue al jardín. Anduvo por allí mirando las rosas y las florecitas chiquitas entre la yerba, pendiente de lo que sucedía en la casa, de la llegada del médico, de las vueltas de las criadas, de la voz de su padre. Desde donde estaba podía perfectamente ver y ser vista, pero nadie la buscaba, no la llamaban a desayunar, ni siquiera la miraban cuando pasaban. Tenía hambre. Caminando despacio, entreteniéndose aquí y allá, volviendo a veces un poco la cabeza, recorrió una vez y otra el jardín, anduvo por entre los frutales, y por fin, descorazonada, atravesó el patio donde estaban los gansos y todavía antes de entrar en las trojes se dio vuelta y se quedó mirando su casa: el portal con la pajarera se veía lejos, oscuro, la separaba de él un gran espacio con plantas, árboles y el patio de los animales. Cerca del portal, en la cocina, se oía la voz gritona de la Cuca, aunque no se la podía ver, pero la Cuca le hablaba a la Paula o a Manuel, no a ella.

Quitó la aldaba y empujó con todo su cuerpo el portón. Aquel lugar no le gustaba. En el patio, al que daban todas las puertas de los almacenes, no había nada, tenía una tapia por un lado y los cuartitos chaparros, iguales, por los otros; no había nada. Entró por la pieza donde estaba la desgranadora, dio vueltas alrededor de ella, pero sin acercarse mucho. Cuando desgranaban era bonito estar allí, con Chuyón riéndose y dándole a la manivela, y todos los hombres trayendo y llevando sacos; era bonito ver cómo se caían el maíz y el frijol por todas partes y quedaban regados en el polvo del patio sin que le importara a nadie. Pero ahora los cuartitos estaban llenos de grano, el piso completamente limpio, y nunca iba alguien por allí, nunca hasta la siguiente cosecha. Algo le dolía mucho, mucho, en el pecho. Puso las dos manos sobre la desgranadora y apretó con fuerza, rechinaron los goznes, el mecanismo era demasiado pesado para ella. Se quedó un momento esperando que alguien gritara reprendiéndola, alguien que estuviera escondido, observando, pero al cabo de un momento retiró las manos poco a poco, sin prisa. Volvió al patio y anduvo empujando las puertas, las ventanitas, haciendo un poco de ruido, brincando sobre un pie, pero seguía sintiendo que no podía respirar bien, y aquel dolor extraño. Encontró que una ventanita alta parecía abierta, trepó hasta ella, la empujó con cuidado y se metió a uno de los cuartitos: estaba lleno de maíz hasta la mitad. Se sacó las sandalias y las tiró por la ventana al patio. Le gustó pisar sobre los granos lustrosos. Estuvo un rato largo haciendo montañitas y carreteras, y cuando se aburrió hizo una zanja y se enterró hasta el pecho en el maíz, pero eso la fue poniendo más y más triste, hasta que no pudo soportarlo y con un gritito quiso ponerse de un salto lejos de aquel agujero horrible, tuvo que luchar mucho para poder hacerlo: resbalaba desesperadamente entre los granos. Hubiera querido salir en ese momento del cuartito e irse a subir al guayabo o a ver la pajarera, pero aquello no era posible, no podía ir a ninguna parte, no podía hacer nada más que quedarse en ese cuartito oscuro y feo. Sucia, con la cara llena de rayones que hicieron sus lágrimas y el polvo de maíz, se acurrucó en un rincón mirando la luz que entraba por la ventana entreabierta. A veces se quedaba semidormida, pero despertaba sobresaltada, sintiendo que alguien ponía las manos sobre su cuello y la ahogaba.

En el silencio sonó el pito de la fábrica anunciando que eran las doce. Ella había ido algunas veces en el auto a recoger a su padre y vio a los obreros salir y extenderse, igual que un río, en cuanto el pito sonó, como si estuvieran escondidos esperándolo, ahí, detrás. La puerta de la fábrica nunca estaba cerrada, pero el pito era una cortina mágica que la cerraba y la abría, invisible, todos los días de todos los años, menos los domingos. También se le oía ulular en los campos, lejos, lejos; llegaba por el aire como una serpiente, y los campesinos se ponían a la sombra en cuanto pasaba, abrían los morrales y se sentaban a comer. Ahora que el pito había sonado, afuera era mediodía, había movimiento, llegaban los hombres a sus casas, salían los niños de la escuela... pero para ella eso ya no significaba nada. No había comido en todo el día, y tampoco comería ahora como hacían los demás, estaba fuera del poder de aquel sonido agudo como estaba fuera de todo, sola en aquel lugar horrible, fuera. Cruzó los brazos sobre el pecho y se apretó a sí misma lo más que pudo. Tenía miedo, un miedo atroz. Respiraba entrecortadamente, igual que después de haber llorado mucho, pero ya no tenía lágrimas en la cara, únicamente su cuerpo se estremecía con aquella especie de sollozos secos.

Al cabo de mucho tiempo oyó voces diferentes que gritaban «Maya», «Teresa», pero no podía contestar. Aquellas voces no se dirigían a ella, o no lograban tocarla. Seguía temblando, con los ojos fijos en la raya de luz que entraba por la ventanuca, lejos de ellos, enterrada en el cuarto del maíz.

«Mayita», decía muy cerca ahora una voz de hombre, pero ella no podía responder, no podía. La puerta se abrió con un golpe seco y la luz entró en el cuarto como una ola. En la puerta baja, la silueta negra de su padre parecía enorme, aplastante. Ella escondió la cara entre los brazos cruzados. Oyó correr el maíz hacia afuera y vio los esfuerzos del hombre por no hundirse en los granos que se escapaban hacia el patio. Su padre se acercaba, se acercaba chapoteando entre el maíz. Teresa temblaba y se encogía, quería achicarse, achicarse hasta desaparecer. «Hija, hijita», dijo el hombre casi junto a ella, y Teresa con los ojos cerrados emitió un gemido largo, desgarrado, y sin saber cómo, se enterró sollozando, llena la cara de lágrimas, contra el pecho de su padre. «Mayita, mi chiquita», decía la boca que le rozaba el pelo, mientras los brazos la acunaban rítmicamente. Se sintió muy cansada. Su padre salió con ella en brazos, caminando inseguro entre el maíz que rodaba cada vez que daba un paso, y Teresa pensó que de nuevo había maíz regado en el patio y a su padre no le importaba.

—Mamá está enferma, espera un niño nuevo, por eso está tan nerviosa... Debes de portarte bien... Estuvo mal eso que hiciste de esconderte toda la mañana, nos asustaste a todos...

No era cierto, nadie la había buscado hasta que él regresó del trabajo, pero no dijo nada, ahora él estaba aquí y la cargaba con cuidado a través del portón, del patio de los gansos, del jardín. La llevaba de regreso, y eso era lo que importaba.

En la cama, su madre parecía una torre derrumbada. Con el cabello suelto entre los almohadones, tan fuerte y tan hermosa, no se podía creer que estaba enferma. No hacía mucho, ella la había dejado de ver un largo tiempo y le habían dicho que estaba curándose en Estados Unidos, pero nunca lo creyó, ni tuvo miedo por ella: estaba lejos por alguna otra razón que no querían decirle, no por enfermedad. Y ahora tampoco aceptaba que un mal cualquiera pudiera atacarla, era demasiado orgullosa como para que una cosa tan simple la tumbara en una cama.

El padre hablaba entre risueño y dolorido, y ella seguía apretada contra su pecho mirando a su madre que lo escuchaba sin decir una palabra. Era muy extraño que sus padres se parecieran tanto físicamente, estuvieran unidos de una manera misteriosa, y a pesar de ello fueran tan diferentes. Se sentía colocada entre los dos como un estorbo, algo que los dividía. Por ejemplo, su padre nunca la hubiera tratado de aquel modo estrafalario, ni se habría golpeado la frente llorando, y ahora mismo que la sostenía en brazos delante de la madre parecía desaprobar la manera como ésta y todos en la casa se habían conducido con ella. Pero todo eso era muy vago, lo que sentía más era hambre y sueño.

—Vamos, dale un beso a tu mamá y prométele que te vas a portar bien.

Hizo lo que le mandaban, de un modo mecánico y, aunque su madre también la besó, fue un beso frío. Teresa no apartaba los ojos de la cama porque sabía que en algún lugar cercano estaba el objeto por el cual su madre había llegado a hacer todo aquello, cosas que nunca antes se vieron.

—Vamos a comer, esta criatura no ha probado bocado en todo el día. ¿Tomaste la medicina?, ¿te dieron caldo?

El padre se inclinó, todavía sosteniéndola contra su pecho, y besó a su mujer. Teresa se abrazó más fuertemente a él y se sintió muy feliz cuando los cuerpos de sus padres se tocaron oprimiéndola.

Ahora sería mucho más difícil acercársele, averiguar sobre él, porque la madre estaba al acecho, esperando la oportunidad para volverse a quejar absurdamente de que ella lo miraba. Por las mañanas, y eso no todos los días, se acercaba a la pajarera y metiendo los dedos por los alambres pretendía jugar con los pájaros, les decía cositas, para poderle echar unas miradas desde lejos, cuando no la observaban. Durante el día procuraba pasar con frecuencia por la recámara contigua a la de la madre y se demoraba allí con cualquier pretexto a ver cómo metían y sacaban cosas. Únicamente de vez en cuando se encontraba con los ojos astutos de su madre. A veces se impacientaba y trataba de olvidarlo, pero era demasiado inquietante saber que estaba allí, del otro lado de la pared, gelatinoso, no lo podía soportar.

Una noche pensó tanto en él que al día siguiente amaneció enferma del estómago, con vómitos y diarrea. No, no comió guayabas verdes, ni mangos, únicamente pensó en él y trató de imaginar de dónde vendría y para qué guardaban sus padres una cosa tan malsana que la hacía descomponerse. Pero no dijo nada, e incluso soportó los malestares sin quejarse.

Por fin nació Benjamín. Era una ratita colorada que gritaba y movía las manitas todo el tiempo, sin motivo alguno. Le gustó muchísimo. Se escurría siempre a ver cómo lo bañaban y cambiaban, riendo al verlo, empanizado en talco, patalear y arrugar su carita de mono. Era un niñito precioso y sus padres estaban tan satisfechos de él que lo besuqueaban y se besaban entre sí sin ningún recato. En la casa entera se sentía alivio y bienestar, y hasta dejaron de vigilarla. Su madre la acariciaba cuando ella ponía un dedo para que Benjamín jugara con él, y sentía muy claramente que la quería otra vez.

Pero el otro seguía en casa, en el cuartito junto al de su madre, donde dormía la Cuca. Eso la ponía de mal humor.

Y una tarde en que su padre la llevaba de la mano por la calle no pudo evitar hablarle de eso.

—Ahora que tenemos un niño de verdad, ¿por qué no tiran lo otro?

Su padre la miró sorprendido y aflojó un poco la mano, pero hizo un esfuerzo y mirando hacia delante le contestó:

—El otro también es tu hermano.

Ella se soltó, furiosa, con deseos de golpear al padre.

—No, no es mi hermano —gritó con todas sus fuerzas—. No es mi hermano, no es un niño, es una cosa asquerosa —y se echó a llorar.

Nunca olvidó lo pálido que su padre se puso, su cara contraída y sus ojos cerrados, apretados. Sintió el estremecimiento doloroso que lo recorrió. Se abrazó a sus piernas deseando que la golpeara para que dejara de sufrir, que descargara sobre ella la ira y el dolor. En cambio el padre le acarició un poco la mejilla, con un esfuerzo que también había en su voz cuando le volvió a hablar.

—Es tu hermano, está vivo, se llama Alberto.

El padre tomó con sus dos manos la carita de la niña y la apretó muy fuerte, mientras la miraba a los ojos con una vehemencia extraña, tratando de comunicarle su doloroso amor, la mirada se cerró en un esfuerzo en el que pareció que sus pupilas azules iban a estallar, luego aquello se fue transformando en algo profundamente hermoso y triste, una fuerza central que lo sostenía y lo desgarraba al mismo tiempo. La niña se quedó inmóvil, devorándolo con su mirar ávido. Él se inclinó y la miró con fuerza, un beso largo, luego soltó lentamente la cabecita, y siguieron caminando en la luz difusa del atardecer sin hablar más, temblorosos, tomados de la mano.

LOS HERMANOS

Para Susana Crelis

CUANDO YO ERA CHICA, CAMINABA CASI A CIEGAS bajo el sol muy alto. De pronto, sobre la acera angosta, veía sus botas cortas que me cerraban el paso. Levantaba los párpados, y ahí estaban sus ojos como brasas de miel. No se explicaba: yo no era una mujer brava, sino casi una niña sin formas, y tímida. Pero los dos sentíamos la electricidad que nos pegaba, como dos láminas, uno contra el otro. Aunque no había impedimento, sabíamos que aquello olía a sangre y muerte y no era cosa de noviazgos y azahares, pero tampoco me hizo un hijo porque se apiadó de mí.

En otro pueblo crecí y me desarrollé. El mayor de mis hermanos me regaló un pequeño lagarto disecado. Poco más de medio metro. Era hermoso verlo y pensar en el gran cariño de mi hermano.

Un muchacho bien plantado y hermoso se enamoró de mí y yo de él, como debe de ser.

Llegó el día de la boda, y al regresar de la iglesia cercana, mi hermano me llevó sigilosamente a mi cuarto y con el índice me mostró, desde lejos, al lagarto: tenía levantada la parte derecha de la cara, desorbitado el ojo hasta la frente, y ese gesto depravaba todo su aspecto, desde la frente hasta el hocico. No sé por qué me acordé del muchacho de las botas cortas y comencé a tiritar de miedo.

Todos los invitados entraron y se dieron cuenta del gesto del lagarto. Con una gran colcha, para no tocarlo, lo envolví y, vestida de novia, fui corriendo a la sacristía. El cura no entendía mis palabras entrecortadas. Todo era confusión.

Paso a paso entró el hermano menor del muchacho de las botas. Nadie lo conocía más que yo. Puso una mano sobre uno de mis hombros y sus ojos tranquilos se incrustaron en los míos. Se acercó a la mesa donde estaba el lagarto y comenzó a acariciarlo de la cabeza a la cola con ternura, una ternura blanda y firme. Ahuecaba la mano para que la cresta del lagarto no lo lastimara, pero lo hacía una y otra vez: su mano sobre el animal muerto y encolerizado. Después de un rato, solos o en grupos, aburridos, los invitados que me habían seguido regresaron a la fiesta, pero ni mi marido pudo moverme de aquel lugar donde estaba, de pie, hipnotizada.

Pasó el tiempo y el ritmo del muchacho siguió, pacientemente, sobre el lomo tieso. Mi novio y mi hermano permanecieron a mi lado.

Después de tres horas, cuando ya se oían los gritos de los borrachos por encima de las notas de la música el animal fue dejando su gesto muy lentamente hasta volver a su expresión normal. Se quedó allí, sin que nadie quisiera tomarlo.

El hermano del muchacho de las botas cortas vino lentamente hacía mí, y al pasar me dijo tranquilo:

—No habrá sangre.

ÍNDICE

De *Los espejos* (1988)